金庸小说

阅读与赏析

王桂荣 / 著

吉林出版集团股份有限公司

图书在版编目（CIP）数据

金庸小说阅读与赏析 / 王桂荣著 .-- 长春 : 吉林
出版集团股份有限公司, 2019.8（2021.5重印）

ISBN 978-7-5581-7650-0

Ⅰ.①金… Ⅱ.①王… Ⅲ.①金庸（1924–2018）–
小说 – 文学欣赏 Ⅳ.①I207.425

中国版本图书馆CIP数据核字(2019)第185135号

JINYONG XIAOSHUO YUEDU YU SHANGXI
金庸小说阅读与赏析

著　者：	王桂荣	
出版策划：	孙　昶	
责任编辑：	刘虹伯　刘　洋	
封面设计：	王洪义	
排　版：	长春美印图文设计有限公司	
出　版：	吉林出版集团股份有限公司	
	（长春市福祉大路5788号，邮政编码：130118）	
发　行：	吉林出版集团译文图书经营有限公司	
	（http://shop34896900.taobao.com）	
电　话：	总编办 0431-81629909　营销部 0431-81629880 / 81629881	
印　刷：	北京一鑫印务有限责任公司	
开　本：	880 mm × 1230 mm 1/32	
印　张：	7.75	
字　数：	150 千字	
版　次：	2019 年 8 月第 1 版	
印　次：	2021年5月第2次印刷	
书　号：	ISBN 978-7-5581-7650-0	
定　价：	50.00元	

印装错误请与承印厂联系　　联系电话：0431-87923413

目录

金庸小说阅读与赏析

▍第一章　绪论

　　金庸及其武侠小说是 20 世纪中国文学史上不可忽视的奇异的文学现象。对此，我们可以从不同的层面进行概括，但最根本的是他让武侠文类小说大放异彩。其作品不仅编入了高中课本，还走进大学的课堂。他让武侠小说在文学的百花园里争得了一席之地，与雅文学争奇斗艳，引得万千读者阅读激赏，从而打破了雅文学独霸天下的格局，使文学生态发展更加健康和谐，生机盎然。

　　金庸无论是对武与侠的描写，还是作品的立意、结构、语言等，方方面面都有不俗的表现，所以获得了"文起八代之衰"的美誉，也因此成为小说巨匠。

一、人性的万千传奇

　　就叙述对象而言，金庸亦将武与侠作为文本叙事的主要对象，但他并非如有的作家那样，在这两大要素中有所取舍，或有所侧重，而是令二者并驾齐驱，不分高低上下，"一视同仁"。所以，金庸的武侠小说血肉丰满，筋骨强壮，无论是作为"血肉"的武，还是被称为"筋骨"的侠，在金庸的笔下都发挥着它们应有的作用，共同完成着金庸小说故事的讲述，共同呈现着金庸的傲骨与才气。总之，从叙事对象上看，金庸仍遵循着武侠文类的特征，仍然讲述着以武传奇、以武行侠的故事，然而金庸的作品绝不是传统武侠小说简简单单的继承，而是继承之上的改写与创新。也就是说，一方面恪守传统武侠小说文类形式；另一方面也不断以新的元素去填充、丰富，甚至去改写，使他的武侠小说有了脱胎换骨的改变，成为一座高峰，令后人难以企及逾越。

金庸小说的武与侠是贴着日常生活的肌理，是戴着人性镣铐的传奇，是渗透着现代意识的传奇，是历史与文化的传奇，是居住在钢筋水泥房屋下人们审美需求的传奇。这种不同于传统武侠小说的传奇，也便构成了他武侠小说的面目，或是"新"的素质与内涵，不但令自己坐上新派武侠小说的第一把交椅，也使作品别开生面，别有洞天，一派风光旖旎，令读者流连忘返，爱不释手，沉浸在陌生而又熟悉，遥远而又亲近，传奇而又真实，快意也纠结，幸福也忧伤的享受之中，不愿自拔。

金庸的武侠小说之所以能够获得"文起八代之衰"的美誉，让武侠这一文类在科技高度发达的今天持续引得读者的喜爱与学界的关注，最根本的原因还是它回归了文学的本质，即记录生活、描摹生活、真实地再现生活。所以，他的作品是极富想象的浪漫江湖，也是极富现实的人生传奇，是浪漫主义和现实主义两大创作原则的高度融合而形成的人性江湖与传奇。这个江湖无论是上演什么类型的剧目，演绎着什么样的故事，都是人性使然，是人性作祟，是人性的呈现，而不是彼岸世界的剑仙们借武行侠。所以，我们说金庸笔下的江湖让我们陌生、熟悉、亲切、忧伤。在这样的江湖世界，我们看到了凡夫俗子的欲望、情感和命运，更看到了大侠们在超越"本我"这一历程中的艰辛与伟大、崇高与悲情，也看到了毫无理性的"本我"为所欲为、作恶多端、恣意变态。金庸的江湖更多的还是书写人在平衡本我与自我达成超我过程的努力与尝试、成功与失败、顺畅与纠结等生命形态，以及自我的拯救、救赎的豪迈激情与人性的闪光。

总之，金庸的叙事视域是人的在场，他的江湖是人性的江湖。侠士们的成功与欢乐、失败与泪水，都属于人类，人撑起了他的江湖境界，而这个江湖乃是金庸借此对人性的探幽与发现，这是金庸叙事对象上的独到之处，价值所在。

二、侠客的百态人生

就立意而言，金庸是借传统的武侠文类这一民族形式，传递现代人的理念、意识与精神，并蕴含在武、侠、情的描写中。

如前所述，武与侠是武侠小说两大要素，是武侠文类小说叙述的主要对象，同时也是承载作品主题的两大元素。武可以衍生出武功、武术、武打，侠则衍生出侠客、侠义。武承载的主题是"仁者无敌"，侠承载的主题是"欲除天下不平事"。

"仁者无敌"体现了金庸对"武"的理解与文化上的选择，即把历史上具有一定道德色彩的武功变成了体现文化理想的符号。在他的小说中，武功不再是单纯的技击，也是人的性格、命运、生活经历乃至生命感受的隐喻与象征。实际上，是借最通俗的形象式阐释着最深奥的哲理，并使之成为重塑本民族文化本体的基本要素，所谓"仁者无敌"，"神武不杀"，这是他笔下武承载的主旨，也是他对传统武侠小说最核心概念"仁"的现代诠释与理解。

至于侠义，金庸也以他的才情为我们塑造了众多的"欲除天下不平事"的大侠形象，也借此阐释了他对"义"的看法与主张。金庸笔下的侠，从文化上可分儒侠、道侠、佛家之侠；从道德上分正派侠、邪派侠；从有无上分为反侠、无侠；从影响的大小上又有大侠、小侠之别。总之，金庸笔下的侠客类型多多，既体现了侠客世界的层次、结构，

金庸小说阅读与赏析

也让他笔下的江湖世界复杂多样，而侠的百态人生，更让读者感佩回味，其中大侠、反侠让人惊奇称绝。以往侠的最高境界是"欲除天下不平事"，金庸在此之上提出了"为国为民侠之大者"的理念，而萧峰不仅突破了"国"的边界，还以天下苍生为念。所以，郭靖、萧峰的行侠才是豪气干云。"反侠"尤其有意味，可以说是独特的贡献，所蕴含的主题非常值得深思。从原因来讲，无侠、非侠是金庸不重复他人也不重复自己，不断创新的结果，当然根本的原因还在于作者对侠的现代认识不断深化。"从对传统文化之种种的形态'侠'的失望，到'无侠'再到'非侠'，是金庸武侠小说主题思想的一个逻辑发展过程。表现于对侠的情感态度和对武侠小说文体规范的认识程度，从热情赞颂武侠到被动放弃武侠（无侠）再到主动'反武侠'（非侠），而以对他个人武侠小说创作的终结为逻辑终点，在修改完《鹿鼎记》之后，他这位'武林至尊'也宣告了一个大武侠时代的终结。"[1]

"无侠""非侠"是金庸"反武侠"的表现。"无侠"是不想做侠而实际上却是大侠，张无忌、令狐冲便是如此。无侠，不是正直之士无侠心，而是江湖之上已无"侠"在，因此"无侠"是武侠小说的悲歌。"非侠"是指他不是侠，但却成了"侠"。韦小宝、石破天可以归为这一类。韦小宝，市井无赖，真小人的形象。他的人生目的就是生存，为了生存，他可以不择手段，不讲道义，因为在他的观念里，就没有"道德"二字，所以他的行为是正派大侠所不齿的，但他却做了许多惊天大事，做了侠客们想做而无一人做成的大事业。反过来他身边的侠士们却一事无成，甚至悲惨离去。韦小宝这一形象已成为对传统文化之侠义信条的否定，当然也是对传统武侠小说侠客写作规范的否定。石破天与传统侠客的行为似乎也有些出入，虽然他有不少的侠义行为，但同时作者也写了他的忍让或不抵抗，所持的原则仿佛就是托尔斯泰的不抵抗主义。从这个角度上说，他的行为是对传统侠义除恶行为方式的一种否定。尤其是，他反复问的"我自己又是谁？"这一情节，给人留下的印象更加深刻，直到结尾他也没有弄清这个问题，应该说石破天的疑问隐含着人类对自我本性的思考——我是谁？我从哪里来？要到哪里去？这无疑超越了对侠义的描写，而上升到哲学的高度。"无侠"与"非侠"留下的话题与思考是武侠文类小说如何发展再续辉煌的问题。从新派武侠小说创作的经验来看，尤其是金庸的武侠小说创作经验，我们认为：1.作为民族审美形式的武侠小说不会因为现代兵器的出现而消亡，除非刀枪剑戟棍棒从我们的生活中消失，因为它们是"武"的组成部分。所以担心它消亡的心理大可不必；2.武侠文类小说要想发展必须创新，抱着或死守传统武侠价值观念而一成不变，肯定被淘汰；3.需要金庸这样的大家出现，更需要无数有创新精神、严谨认真的武侠作者出现。其实这一点不仅通俗文学如此，严肃文学也如此，是一切艺术的根底，要想有露出海面的冰山，更须有海面下大面积深厚冰座的支撑与付出。

金庸笔下的侠客们虽分属不同的类别，但也有共同的特征：1.不做官府的鹰犬，行侠不是为了"威福、子女、玉帛"，而是为了"除尽世间不平事"。2.至情至性，具有浓重的个性主义色彩。仗义行侠，率性而为，不但反抗官府的黑暗，还反抗几千年来形成的不合理的礼法习俗。3.血肉丰满，不干瘪。金庸笔下的侠客们都不是超凡脱俗的神仙，而是现实的江湖中人，有普通人的一面，可亲可近，真实生动。所以，他们有大义大爱，也有世俗的喜怒哀乐，尤其是对他们情感的描写放得开，收得拢。英雄气，儿女情，水乳交融，构成侠士们的血肉与魂魄。4.金庸的侠客们多处在中间的交叉地带，正邪之间，人鬼之间，人仙之间，有其超越的一面，更多的还是现实的一面，而后者便是由自我人性的复杂而致。

"义"是侠客的魂，也是武侠小说根本的主题。金庸笔下的"义"有继承，更有丰富与创新。司马迁在《太史公自序》中说："救于人厄，振人于不赡，仁者有乎？不既信，不倍言，义者取焉。作《游侠列传》。"[2]可见司马迁写《游侠列传》主要是为了表彰这个"义"字，有时与"仁"相联系而为"仁义"，有时与"信"相联系而为"信义"。新派武侠小说家梁羽生提出："侠就是正义行为，是对大多数人有利的，武侠小说应该'读后让人激越、向上，憎恨邪恶，热爱正义'。"[3]金庸1994年在北京大学演讲时说："侠是不顾自己生命危险，主持正义，武侠小说是侠义小说。义，是正当的行为，是团结和谐的关系。"[4]

综上，无论是传统还是新派武侠小说，"侠义"二字总是与"德"相连，具有浓重的道德色彩，具体为"路见不平，拔刀相助"，并与仁、信相连，是正义的行为。仁义、信义成为传统或新派武侠小说"侠义"的核心内涵。金庸亦不例外，围绕"侠义"写了许许多多感人的故事。在金庸的笔下，有传统的"路见不平，舍身相助，扶危济困，不畏强暴"的义，也有"英雄人物肝胆相照，惺惺相惜，一诺千金，不负于人"的义，更多的还是对传统"义"的丰富、创新，或者说金庸对传统的"义"赋予了新的内涵。突出表现就是：第一，金庸笔下的"义"不是无原则的哥们义气，而是与正义相联系，或者以正义为基础。旧派武侠小说总是突出无原则的江湖义气，一味地"快意恩仇"，金庸小说否认了这一点，这是他的高明之处。第二，金庸提升了"义"的境界——把"义"提升到为国为民、为群体、为大多数利益这一高度。并以"为大多数利益"为标准去区别正与邪，这样有了区别正与邪的客观标准。

金庸在《韦小宝这小家伙》一文中说："重视情义当然是好事。中华民族所以历数千年而不断扩大，在生存竞争中始终保持活力，给外族压倒之后一次又一次地站起来，或许与我们重视情义有重大关系。""所谓在家靠父母，出门靠朋友。""一个人群和谐团结，互相讲爱，在环境发生变化时能采取合理的方式来与之适应，这样的一个人群，在与别的人群斗争之时，都能无往而不利，历久而常胜。"[5]这是金庸对"情义"的认识和理解。正是因为他把"情义"看作是中华民族持续发展的一个重要原因，才通过一个个血肉丰满的侠客形象，淋漓尽致地书写、赞美、弘扬这一文化内涵，即使韦小宝已无"侠义"，但仍要守着"义"的底线。

三、系统丰富的情感

文学主情，虽说武与侠是武侠文类小说的血肉与魂魄，但作为文学作品，"情"也是武侠小说描写的主要对象，也是小说基本的内容。情既丰富着文本的内容，也承载金庸对情的认识、理解。金庸的新派武侠小说不同于传统武侠小说的特色之一，在于它呈现了一个完整的情感系统，它展示着中华民族的情感与生命状态。有赞美、有承传、有感动，更有反思、审视与批判。

就"情"而言，金庸笔下的"情"丰富多彩。君臣、父子、夫妻、兄弟、朋友五伦的情感都有涉猎。说起君臣，我觉得最有创意的还是康熙与韦小宝之间的情感，新颖别致，真实感人，富有层次。首先二人是君臣关系，君惠臣忠我们读到了，但二人小时候摔跤打闹出来的少年情谊，也让他们二人的君臣关系有了滋养，不那么干瘪，读了莞尔怡悦。师徒之情可以归入父子之情里，因为一日为师，终身为父。比如，黄药师与黄蓉父女情感，洪七公与郭靖师徒、张三丰对张翠山、谢逊对张无忌父子般的挚爱关系，都让人感动。需要指出的是，金庸不仅写了这些美好的一面，也通过形象化的方式对父子情感的负面效应给予了反思与批判，如《侠客行》和《倚天屠龙记》中的父子情感的描写就是如此。金庸在修订本《后记》中说："在《侠客行》这部小说中，我所想写的，主要是石清夫妇怜爱儿女的感情，以及梅芳姑因爱生恨的妒情，因此石破天和石中玉相貌相似，并不是重心之所在。"[6]

据说《侠客行》的创作是由于他大儿子查传侠的自杀，这是金庸心里的一块伤痛。所以，我们能够感受到流淌在字里行间的父母对子女的怜爱之情，同时作者也对这"怜爱"的负效应进行了生动的描写、反思、批判。作品描写，石中玉在他父母眼中永远是"小可怜"。物质上极尽所有去满足他，行为上极尽所能去照顾他。在父母的眼里，石中玉没有毛病，即便是有什么过错，也是外界太恐怖，是社会上的坏人太多，把他们的"小可怜"拉下了水，使之变坏，石中玉绝无责任与错误。在他们的怜爱之下，石中玉成了一个轻浮的浪子。《倚天屠龙记》也写了父母怜爱儿女的感情，即宋远桥对宋青书无端怜爱，结果宋青书不但成了"温室里的花朵"，人格也出现了问题，背叛了武当，成了叛徒。《侠客行》《倚天屠龙记》都是金庸对父子一伦情感的描写，让我们感动的同时，更让人警醒。中国许多父母对孩子的溺爱发展到无以复加的地步，培养出来多是"豆芽菜"，或驯良脆弱的孩子。这就是古人所云"君子之泽，五世而斩"社会现象的真正由来。

　　对五伦之中的夫妻、兄弟和朋友三伦的描写，金庸也有不凡的表现。尤其是对陈家洛和乾隆兄弟情感的描写，可谓华彩篇章，一石二鸟，既写了夫妻情，也写了兄弟谊。中国人常说：兄弟如手足；还说：妻子如身上衣，脱了这件，还有那件。这说明在中国人的观念里，兄弟要比生活一辈子的妻子还重要，没了兄弟，手足也就没了，人就成了残疾。妻子就无所谓，没有了，也不会伤害其身体，究其原因是儒家文化血缘在作祟。因为血浓于水，所以陈家洛和乾隆虽然分属于不同的政治团体，一为清朝的皇帝，一为要推翻清朝的红花会总舵主，二人不共戴天，是仇敌冤家，仍是难断这兄弟手足之情。在陈阁老墓前，两人相遇，得知对方是兄弟的时候，乾隆紧握陈家洛的手都微微颤动，这说明，在传统文化濡染下成长起来的英雄人物，甚至帝王，要摆脱血缘亲情也是很困难的。小说的结尾部分，因为各种原因，陈家洛把自己的恋人香香公主让给了乾隆。对此，学界指责陈家洛对乾隆"太过软弱"，或"太不成熟"，对香香公主则是太卑鄙、太无耻。我认为这些评价都不为过，只是需要明白，这种"软弱""无耻"正是金庸对传统人情的精准把握。儒家文化的"家庭血缘"是人的情感网络中心，因此，骨肉亲情自然成了维系家庭关系的主要纽带，且被神圣化，乃至成了律令。传统文化把兄弟称为手足，远远高过妻子的地位，原因也在于此。

朋友这一伦理情感，很大程度上是兄弟情深社会化，尤其是结义之朋友更是如此，而一旦结为兄弟便有感人的表现，每每涉及此，金庸都会对其进行淋漓尽致、感人至深的描写。陈家洛所属的红花会十四位弟兄、张翠山所属的武当七侠兄弟既是同门之谊，也是"兄弟情深"社会化表现。为了救文泰来，红花会十四位兄弟赴汤蹈火，惊天地，泣鬼神。尤其是余鱼同甚至舍得了一张俏脸、半条性命，感人肺腑。金庸说："这部书情感的重点不在男女之间的爱情，而是男子与男子间的情义，武当七侠兄弟般的感情，张三丰对张翠山、谢逊对张无忌父子般的挚爱。"[7]确乎如此。

说起金庸小说对情感的表述，当然不能不说男女之情。提到爱情我们第一想到的是《神雕侠侣》，因为它被称为"情词"，而说起婚姻首先想到的就是韦小宝，只有他娶了七个老婆。

金庸小说爱情描写很是广泛。有正常的二人恋，也有三角恋、四角恋，甚至五角恋。不仅正派人物恋爱写得感人至深，邪恶之人的恋爱写得也很深入细腻，合情合理，令人慨叹。金庸小说的爱情有欢情、凄清、惨情、怨情，就是没有色情。金庸在爱情描写方面，最大的贡献是对爱情进行了本体论意义层面的追问。《神雕侠侣》被称为"情词"，绝不止于它是"爱的大餐，情的盛宴"，主要还是取决于它对"世间情为何物"的本体论意义上的追问，换句话讲，他不仅是讲爱情的故事，更是言说爱情的本质。李莫愁在文本中反复吟唱的"问世间，情为何物"就是文眼。当然"问世间，情为何物？"早有人追问，但金庸是第一个在作品中给予正面回答的作家，他是借情花、断肠草的隐喻与象征来完成的。爱情如花一样娇美绚烂，谁能不动心呢？但爱情美而多刺，总是伴随着伤害同时进行，而爱情之果十之八九不如意，爱情是人类比较深刻的一种情感，想要摆脱爱情的伤害，须服"断肠草"，肝肠寸断方能解脱爱情的伤害。爱情之于人是快乐还是忧伤？是幸福还是不幸？是喜剧还是悲剧？一切都由具体的人而定，这就把爱情与人的性格、命运结合起来。

金庸对爱情描写的深刻性还表现在对情痴、情魔的描写与塑造上，这一类人物形象透着强烈的现代意识。用孔庆东的话说"这些形象已构成了人类文学史上一个独特的品牌系列"，"形成了一个庞大的情痴画廊"。在众多的情痴中，给人印象最深的还是游坦之对阿紫的爱。从游坦之的行为中我们读出，一个人爱上另一个人，实质就是一种自虐，且甘愿自虐，并称之为幸福；从阿紫一方讲，不爱一个人的时候，可以厌恶到"他虐"的程度，且浑然不觉自己的残忍。

说起情魔就更多了。李莫愁是一个，叶二娘也是一个，当然还有很多，最可怕的应是康敏。比较而言，李莫愁因情而"凶"，叶二娘因情而"恶"，那么康敏则是因情而"毒"，文中说她是大蟒蛇，如果缠住你，就会一口一口把你吃掉，如凌迟处死。李莫愁的"凶"，叶二娘的"恶"，和康敏比不是一个级别的，她集凶、恶、残、毒于一身，所以给人的印象最深。金庸笔下的情痴情魔系列人物，可以放到现代心理学的视域下去透视分析。

以上说的是金庸对爱情描写的广、深、奇的特征，接下来再看他笔下爱情的另一特征，即"纯"——纯净、纯情。纯净是说，金庸武侠小说爱情描写得干干净净，没有那么多的肉欲或火爆的床上行为，即使是分别十六年之后再相见的杨过和小龙女也是如此。文本描写杨过苦等十六年后，终于在水洞下面见到了日思夜想的小龙女，高兴得手足无措，不知如何表达，这时他看到旁边有一棵歪脖树，于是他跳上翻了几个筋斗下来，内心就平复了许多。而小龙女则一声寻问，"是过儿回来了吗？"二人便叙述起分别后的各种事情。根本没有当今雅文学所描写的火爆甚至肉麻的场面和行为。纯情是说，金庸笔下的爱情，不论是哪一类都不掺杂功利。爱对方是爱对方的人品才华，不是门第权势，而且恋爱中都秉承奉献精神，为对方着想，将对方的幸福视为爱情的准则。

情到深处，可以置名分、得失、生死于不顾，真正做到"富贵不能淫，贫贱不能移，威武不能屈"。唯其排除了功名利禄的重重束缚，"情"才更为纯正，也更为深沉、坚实，才会有诗人帕斯捷尔纳克所说的"一个幸福、透明、无边的梦"。

"携手走天涯"是金庸爱情的一种存在模式，纯净又浪漫，令人神往。

四、庞大完整的结构

金庸的武侠小说所以获得"文起八代之衰"的美誉，除于"叙述对象""叙述主旨"取得创新性成就外，也与作品叙事结构的创新性成就密不可分。

著名学者冯其庸先生在一篇文章中写道："金庸小说的情节结构，是非常具有创新性的，我敢说，在古往今来小说结构上，金庸达到了登峰造极的境界。他的出现是中国小说史上的奇峰突起，他的作品将永远是我们民族的一份精神财富。他的小说结构，第一是庞大，他的小说，往往洋洋洒洒，一泻千里，而又纵横交错，形成一个庞大而完整的故事结构，可谓体大而思精。"[8] "庞大而完整"可以说是冯其庸对金庸小说结构的精准概括，这种结构的形成得力于作者的历史叙事视野与人生主线的运用。

"历史视野并不只是指单纯地将历史人物及事件引入武侠小说的创作构思而言，更是对历史精神的把握；它不只是对历史某人某事的评价，而是包容了一切人、事的历史流程与流向的探索，它不仅是对于已经发生的事、已经出现的人的表现，更是对一种可能出现的人、事的历史追寻。小说创作中的历史视野，是一种面向历史而获得的对一切人和事的理解，是一种面向一切人和事的历史精神。"[9]金庸小说结构的庞大，就是得力于开阔的历史叙事视野。历史不仅是时间的延续，也是空间的展开，它包容了一切，所以将历史引入武侠小说的创作，确实保证了作品在意境上的广阔与博大。这一结构方法并不是始于金庸，古已有之，如《水浒传》，但金庸的武侠小说有创新，所以他作品的历史视野就别开生面，自有一番新的天地。陈墨对金庸这一方面的创新，给予了比较全面的概括，具体如下：1.让虚构的传奇人物与真实的历史人物攀亲道故，从而让江湖人物参与历史进程当中，如《书剑恩仇录》中的陈家洛是虚构的人物，让他和历史真实人物乾隆攀亲成为亲兄弟，如此小说就获得了一种开阔的历史时空。2.让历史的潮流，成为人物命运的背景，让人物参与影响历史发展的大事件。这种手法始于《射雕英雄传》，它与上一种"攀亲道故"相比，主人公的故事不再是围绕历史人物和相关事件展开，而是有自身的发展线索，从而确保小说创作不向"历史演义"方向发展。3. 与"江湖人物历史化"相反，金庸又创造出一种"历史人物江湖化"的新模式。主人公不是纯粹的江湖人物，也不是纯粹的历史人物，而是一种有着历史人物身份的江湖人物，一身承担两任，但历史地位只是一种身份、一种外表，而江湖人物则是实质。比如《天龙八部》中的段誉、萧峰、虚竹便是，他们的历史地位和政治身份多半是作者虚构出来的，由此进入了一种直接虚构人物历史地位和政治身份的新的自由境界。4. 脱尽历史的痕迹，表现历史本质特征。《笑傲江湖》就是用这种方法结构作品的，它不像之前的作品都有具体的时代，《笑傲江湖》就没有明确的年代背景，那表明它可以发生在任何时代。5. 回到历史的情境中，通过虚构人物介入真实的历史事件及历史环境，来解释历史的本质。《鹿鼎记》无疑是这种方法的代表性作品。虚构人物韦小宝直接参与收复台湾、签订《尼布楚条约》等事件，其目的在于破解中国历史之谜。

有论者指出，金庸武侠小说对引入的历史，往往限定在乱世的历史时期。"一是'乱世英雄起四方'便于传奇的叙述；二是因为乱世之下更能透视历史的真相；三是乱世中人生的苦难与艰辛达到极点；四是——最重要的一点——在天下分崩离析，民族对峙、朝代更迭之时最能获得广阔的历史视野，从而更显大气磅礴。"[10]例如，《射雕英雄传》的襄阳大战以及成吉思汗的西征，动辄千军万马，足以使人看到历史的波澜壮阔。

历史视野增加了武侠传奇的可信性，而且历史作为人物的背景，显然进入了更高层次。另外，历史的矛盾冲突，也可以构成特定的人生内容。有了历史视野，就有了江山与江湖的结合；有了历史视野，就有历史与传奇的结合，便形成了一种超越江山与江湖的独特的艺术境界，它既包容了历史，也包容了江湖传奇，形成了一种独特的艺术情境。这一独特的艺术情境不是历史与传奇的简单相加，而是有机融合、浑然一体的整体。有了历史的视野，金庸作品的叙事空间也更为广阔，天山草原、茫茫戈壁、皑皑雪域、漫漫沙尘、辽阔大海、钱塘江潮、杏花江南、南少林古刹、巍巍紫禁城、蒙古大漠、金国都城、云南大理、辽国西夏等，无不尽收在金庸武侠小说的笔下，甚至湖底世界、雪崩奇观也都呈现在读者面前，真可谓大结构、大手笔、大胸襟、大气魄。

人生主线，就是以人物成长的经历为线索来结构作品的一种方法，这是金庸在武侠文类小说结构上的创新，这一创新让金庸小说结构虽庞大却又十分完整。传统武侠小说，要么是以侠义为线索，要么是以传奇故事为线索，常常使作品结构陷入杂乱无章的境地，金庸则首创以人生故事为主要线索结构作品的方法，这就超越了以复仇、夺宝、争霸、民族斗争为线索结构故事的武侠小说，成为独具魅力的人生故事。以人生为线索结构作品是始于《射雕英雄传》的创作，之后的每一部长篇小说都是以主人公的人生故事为叙事主线，而且被看成是金庸小说创作真正独特成就的标志。由于人生主线主要描写主人公的成长成才成功漫长艰苦、曲折坎坷的完整历程，所以作品的完整性就有了保障。以人生为主线，可以串起国家大事与江湖奇事，可以将历史视野及江湖奇事形成一个独特的统一体；没有这样一个主线，则历史视野与江湖传奇就无法相通，更无法统一成一种有意味的形式；在艺术功能上，人生主线也具有更大的价值，因为只有在人生故事的叙述中，对人物性格的刻画，对人性的揭示，对人生的感受，对人事的认识等诸种"人学"—文学—目标才能得以实现。对人生故事的叙述，为作家艺术才华的展现提供了广阔的舞台。

五、洗练传神的语言

冯其庸先生说："金庸小说的语言，是非常文学化的

金庸小说阅读与赏析

语言。他的语言不仅雅洁，而且文化品位高。他的环境语言有意境，他的人物语言有个性，他的叙述语言不仅简洁生动，而且有状感，有时代感，有地域感。金庸还经常在人物的内心独白、人物的对话和环境描写里恰当地引用古人的诗词，这样就自然而然地提高了作品的文化素养。"[11]孔庆东认为："金庸小说的语言在方方面面其实做到了博大精深，无体不备。"[12]陈墨对金庸小说的语言概括是："金庸小说的语言之所以看起来没什么突出的特点，那是因为作者并不追求风格的单一性，而是进行不同方式的叙述探索，不断改进和创造自己的叙事方式及语言风格，同时不断拓展小说的语言疆域，丰富小说的形式美感。"[13]王朔曾经猛烈攻击过金庸，说："金庸的语言不好，主要是说金庸的语言太保守、太陈旧。"[14]由此可以看出，学界对金庸小说语言肯定的居多，且从宏观与微观角度对金庸小说语言风格、特点进行了研究。王朔的观点有待商榷。陈墨、孔庆东分别从创新与涵纳角度指出了金庸小说语体特点与风格。艺术贵在创新，而创新的前提则是涵纳与囊括。金庸海纳百川的艺术修养与气魄，成就了其小说"体大思精"的气质，这种气质同样表现在他作品语言风格上。冯其庸先生的"金庸小说的语言是非常文学化的语言"的观点，是对金庸小说语言本质的概括，给予了极高的评价。诚如冯其庸先生指出，金庸小说语言文学化表现在方方面面：写景、叙事、人物刻画，比如《射雕英雄传》中黄蓉与郭靖泛舟太湖的一段：

两人谈谈说说，不再划桨，任由小舟随风漂行，不觉已离岸十余里，只见数十丈处，一叶扁舟停在湖中，一个渔人坐在船头垂钓，船尾有个小盆儿，黄蓉指着那渔舟道："烟波浩渺，一竿独钓，真像是一幅水墨山水一般。"郭靖问道："什么叫水墨山水？"黄蓉道："那便是只用黑墨，不着颜色的图画。"郭靖放眼，但见山青水绿，天蓝云苍，夕阳橙黄，晚霞桃红，就只没有黑墨般的颜色，摇了摇头，茫然不解其所指。

这段文字有描写、有叙述、有景物、有人物、有景语、有情语。它的妙处是把这种种语言综合在这风景描写中，把两个主人公画在画里，不仅让读者感受到了人在画中游的意境，还展现了人物的性格。黄蓉与郭靖出身不同、修养不同、情致不一样，虽然两心相悦，同游太湖，但二人所看到的却是两种风景。黄蓉所见是诗意的"水墨山水"风景，郭靖见到的则是"山青水绿，天蓝云苍，夕阳橙黄，晚霞桃红"

的自然风景。如此，这一风景就有了不同的景观——自然的、诗意的，人物性格一个灵透诗意，一个淳朴自然。这一风景应该说是最生动的风景了，有景、有情、有意境、有性格，而且无论是对黄蓉眼中诗意风景的描写，还是对郭靖眼中自然风景的描写均用四个字的短句子，读着倍感洗练与有节奏。

再如《雪山飞狐》：

嗖的一声，一只羽箭从东边山坳后射了出来，呜呜声响划过长空，穿入一头飞雁颈中，大雁带着羽箭在空中打了几个筋斗，落在雪地上。西首数十丈外，四骑马蹄着皑皑白雪，奔驰正急，马上乘客听得箭声，不约而同地一齐勒马……四人眼见大雁中箭跌下，心中都喝一声彩，要瞧那发箭人是何等样人物。

如果说上一段引文是以描写为主，那么这一段文字则是以叙述为主，且极具冯其庸先生所说"叙述语言简洁生动，有状感"。"嗖""呜"均为拟声词，前者单独使用，后者连用形成叠词，借"嗖""呜呜"拟声词，再现了射箭人的过人臂力，功夫了得。而射、划、穿、入、打、落、蹄、驰、听、勒、跌、喝、瞧、发一连串动词则将飞行大雁被射中跌落地面的状态及马上乘客心理状态生动地表现出来。

引用古人的诗词，或以诗词穿插在作品中，从而提高作品的文化素养，这在《神雕侠侣》中表现得比较突出。小说以词开头，以词结尾，首尾呼应，并以元好问的《迈坡塘》穿插其中，淋漓尽致地揭示了《神雕侠侣》情词的主题。

开篇：

越女采莲秋水畔，窄袖轻罗，暗露双金钏。照影摘花花似面，芳心只共丝争乱。鸡尺溪头风浪晚，雾重轻烟，不见来时伴。隐隐歌声归棹远，离愁引着江南岸。

中间：

问世间，情为何物？直教生死相许。天南地北双飞客，老翅几回寒暑。欢乐趣，离别苦，是中更有痴儿女。君应有语，渺万里层云，千山暮雪，只影为谁去！

结尾：

秋风清，秋月明；落叶聚还散，寒鸦栖复惊。相知相见知何日，此时此夜难为情。

开篇那首词，奠定了整部作品的叙事基调，即和平景象，情意绵绵，风月无情，聚散离合。中间李莫愁反复吟唱元好问的《迈坡塘》，则是对作品叙事基调的渲染，结尾这首词则活画了杨过、小龙女、郭襄伤情道别场景，余音不绝。"其时明月在天，清风吹月，树巅乌鸦啊啊而鸣。郭襄再也忍不住，泪珠夺眶而出"，读此，也不仅要"问世间，情为何物？"。

"金庸小说的语言是传统小说和新文学的结合，兼容两方面的长处，通俗而又洗练，传神而又优美。"[15] 严家炎先生可谓一语道出了金庸小说语言的神韵。

综上，金庸以他的才情和诗意改写了武侠小说在20世纪中国文学史上的地位与命运，带给中国乃至世界读者一个充满激情、崇高的江湖世界，就让我们放飞心灵，走进金庸的武侠天地、小说世界，看人性的万千传奇，叹侠客的百态人生，赏金庸小说的艺术魅力。

注释

[1] 吕进,韩云波.金庸"反武侠"与武侠小说的文类命运[J].文艺研究，2002（2）：68.

[2] 司马迁.史记[M].延边：延边人民出版社，1996：3273.

[3] 吕进,韩云波.金庸"反武侠"与武侠小说的文类命运[J].文艺研究，2002（2）：66.

[4] 陈迎芬.成人的童话：查良镛（金庸）先生北京行[N].光明日报，1994-12-10（5）.

[5] 金庸.韦小宝这小家伙！[N].明报月报，1981-10.

[6] 金庸.侠客行[M].广州：广州出版社，2003：568.

[7] 胡河清.胡河清文存[M].上海：生活·读书·新知上海三联书店，

1996：188.

[8] 陈墨．金庸小说艺术论 [M]．南昌：百花洲文艺出版社，1995：33.

[9] 陈墨．金庸小说艺术论 [M]．南昌：百花洲文艺出版社，1995：39–40.

[10] 郭玉珍．金庸小说的三维结构形态 [J]．廊坊师专学报，1997（2）：69.

[11] 冯其庸．论《书剑恩仇录》[J]．北京大学学报（社会科学版），1997（5）：72.

[12] 孔庆东．金庸评传 [M]．郑州：郑州大学出版社，2005：199.

[13] 孔庆东．金庸评传 [M]．郑州：郑州大学出版社，2005：198.

[14] 孔庆东．金庸评传 [M]．郑州：郑州大学出版社，2005：199.

[15] 孔庆东．金庸评传 [M]．郑州：郑州大学出版社，2005：198.

金庸小说阅读与赏析

▌第二章 《书剑恩仇录》的阅读与赏析

一、创作的缘起与选材

《书剑恩仇录》是金庸的第一部作品，发表在 1955 年 2 月 8 日香港《大公报》所属的《新晚报》上，最初以连载的形式与读者见面，1955 年 9 月 5 日结束连载后出版单行本，如今我们看的《书剑恩仇录》是经过作者修订的第二版或第三版。用作者自己的话讲"几乎每一句句子都曾改过"，可见作者认真负责的态度与精益求精的作风。《书剑恩仇录》的发表，标志金庸开启了他的武侠小说创作。金庸之名由此响彻中外。这说明，第一，金庸写武侠小说是符合历史与时代的行为；第二，他的武侠小说写作有很强的目的性和商业性，这一特点贯穿了他武侠小说创作的全过程；第三，金庸开启他武侠小说的写作是源于他人的邀请，并非是自己主动投稿，被动性较强。尽管如此，金庸的武侠小说创作还是给他带来了巨大的名声、财富和荣耀。

《书剑恩仇录》共二十回，主要讲述的是反清复明的故事。它取材于金庸故乡的"传说"——乾隆并非雍正所生，而是大臣陈世倌的儿子，乾隆实际上是汉家血统，是雍正使用调包计，把自己的女儿和陈世倌的儿子调换。陈氏是清代四大官宦家族之一，和皇帝接触往来较多，所以有此传说。

"这个传说，在民国四年（1915 年）元月，中华书局出版的日本稻叶君山著的《清朝全史》里有记载：'乾隆并非那拉氏所出，实浙江海宁陈氏之子也，未知孰是。'民国十七年（1928 年），商务印书馆出版的萧一山的《清代通史》对此事也详有记述，或曰：'弘历为海宁陈氏子，非世宗子也。陈氏自明季衣冠雀起，渐闻于时，至之遴始降清，位大学士，厥后陈诜、陈世倌、陈元龙父子叔侄，并位极人臣，遭际最盛。康熙间，雍王与陈氏尤相善。会两家各生子，其岁月时日皆同，王闻而喜，命抱之来。久之送归，则竟非己子，且易男为女矣。陈氏惧，不敢辨，遂力密之。未几，雍正即位，特擢陈氏数人至显位。迨乾隆时，其优礼于陈氏者尤厚。尝南巡至海宁，即日幸陈氏家，升堂垂询家世。将出至中门，命即封之，谕：厥后非天子临幸，勿轻启此门也。由是陈氏永键此门，盖乾隆事实自疑，将欲亲加访问耳。'又或曰：'雍正之子实非男，入宫比视，妃窃易之，雍正实不知也。'二说见《清史要略》及《清秘史》，然无确证，注此以备异说而已。民国二十四年（1935 年）开明书店出版的金兆丰著的《清史大纲》则非常明确地表明：'玉碟章章可考，稗史所云，绝无确证，不足辩也。'到了民国二十六年（1937

年），上海申报馆又出版了冯柳堂著的《乾隆与海宁陈阁老》一书，对这一传说做了考证，结论为：'事之为真为假，仍没有解决。'"[1] 由此可见，"乾隆并非雍正所生"的传说确实是存在的。

这一传说，于历史而言真伪无定论，于小说家而言却是绝好的题材。一是传说本身的虚构性让作者省去了很多虚构之劳；二是传说本身的传奇性正是武侠小说必备的要素。因为武侠小说讲述的就是"以武传奇"。三是将历史的真实人物乾隆拉进自己虚构的作品，使整个故事的演绎，除了虚构性和传奇性，更具有几分历史性和真实性。基于此，当金庸第一次拿起笔写武侠小说时，流传故乡很久的"隆并非雍正所生"传说，自然而然地进入到了作者的笔下。作者在此基础上，虚构一个乾隆的亲弟弟陈家洛，让他带领红花会去完成反清复明伟业。这就串起了兄弟手足之情与民族之间斗争，江湖帮会与宫廷之间复杂多变的关系与争斗。毫无疑问，这样的"传说"为作家的创作提供了广阔的想象空间和纵横驰骋的舞台，使作品意境更加广阔与恢宏。

二、作品的情节与结构

《书剑恩仇录》讲的是反清复明的故事，主人公虽是陈家洛，作者却从另一个人物陆高芷写起。

陆高芷原名陆菲青，乃武当派大侠，原是屠龙帮中一位响当当的人物。壮年时在大江南北行侠仗义，名震江湖。屠龙帮，顾名思义是反清的秘帮，在雍正初年声势甚是浩大，后来经雍正乾隆两朝厉行镇压，到乾隆七八年时，屠龙帮终于瓦解冰消，陆菲青远走边疆。当时清廷曾四下派人追拿，由于他为人机警，兼之武功高强，得脱大难，但清廷继续严加查缉。陆菲青想到"大隐之于朝，中隐之于市，小隐之于野"之理，便混迹陕西总兵李可秀府中设帐教书。清廷派出来搜捕他的人只想到在各处绿林寺院、镖行武场等地寻找，哪想到官衙里一位文质彬彬的教书先生，竟是武功卓绝的钦犯。这一天陆菲青给李沅芷授课之后想午睡一会，但青蝇飞来飞去，苦不堪扰，于是他就发芙蓉金针，把这些青蝇都一个一个钉在了对面的壁板上。他的这一举动被女弟子在窗外看到了，央告他教于自己，无奈陆菲青只好答应第二天教她。到了晚上，陆菲青想自己的行踪已败露，此处不可久留，于是就书信一封，准备告别。就在这时，他以前的仇敌"关东六魔"中的焦文期带着另外两人（罗信、贝文龙）赶到了这里。陆菲青将三人引到了一个山岗，经过一场恶战，陆菲青结果了三人的性命，但自己也身受重伤，无奈只好又折回李

金庸小说阅读与赏析

可秀府里。经过三个月的调养，陆菲青凭着自己精纯的内功，再加上李沅芷的尽心服侍，终于好了。这一日，陆菲青支走了书童，令李沅芷再次行了拜师礼，并向她讲明了学武的规矩，李沅芷高兴地跪下并恭敬地叩了八个头，表示严守师门戒律，决不违背师父的话。

从那时起，陆菲青便以武当派的功夫相授。时光荏苒，一晃五年过去了，五年中陆菲青将十段锦、三十二出拳、无极玄功拳、金针、剑术、轻功、暗器倾囊相授，李沅芷所差的仅是火候未到和经验不足。五年来李沅芷遵从师命，对自己向师父学武一事一句也不外露，每天自行在后花园习练，好在她从小爱武，别人也不生疑。大小姐练武功，女仆看了不懂，男仆也不敢看。李沅芷既用功又聪明，进步很快。这五年中，李可秀也凭借自己的精明强干而官运亨通。乾隆二十三年在平定伊犁一役中有功，升到浙江水陆提督，节制定海。李沅芷自小生在西北边疆，现今要随同父亲到山明水秀的江南，自是说不出的高兴，央告陆菲青与她同往，陆菲青想到离中原已久，旧地重游，也就欣喜答应了。

李可秀先行赴任，拨了二十名亲兵和一名参将护送家眷随后而来。一行人带着十几匹骡马，长途跋涉，李沅芷嫌整天坐在轿子里气闷，于是便改穿男装和其他人一样骑马行走在大路上。这一改装，李沅芷竟是异常的英俊风流，说什么也不肯改回女装坐在轿子里了，李夫人也只好由她而去。这一日夕阳西垂，陆菲青骑在马上，远远落在大队之后，纵目四望，只见夜色渐合，长长的塞外古道上，除了他们这一大队骡马人伙外，唯有黄沙衰草，阵阵归鸦，墓地里一阵风吹来，陆菲青吟道："将军百战身名裂，向河梁，回首万里，故人长绝，易水潇潇西风冷，满座衣冠似雪。正壮士悲歌来彻……"就在陆菲青悲秋悲老感叹之时，听到前面马蹄之声，眼见前面的征程中，两匹马奔将过来，之后又接二连三过去五对，不免引起了陆菲青的警觉，这才意识到这是江湖上的礼节——"千里接龙头"。"千里接龙头"是江湖上帮会里最隆重的礼节，通常是帮会中行辈最高的六人，一个接一个，相隔同样的时间前去迎接某人，最隆重的要去十二人，现已过去了五对，一定还有一对。陆菲青不愧为武林前辈，经验丰富，眼前的就是红花会的"千里接龙头"，他们正以这种隆重的仪式迎接新舵主陈家洛。让李沅芷大开眼界的岂止是"千里接龙头"，还有北京镇远镖局王维扬，以及翠羽黄衫霍青桐的回族部落。于是小说后面就从两条线索展开，一条是陈家洛领导的红花会的反清复明，另一条就是霍青桐带领回部反抗清政府的镇压。

先说红花会的反清复明。前面说过，陆菲青见到了五对接龙头的人，还有一对却始终未露面，这一对便是文泰来和骆冰夫妇。原来当他们行驶到酒泉时被八名大内侍卫缠住，虽然结果了他们，但文泰来却身受重伤，好不容易逃出魔掌，却又遇上了御林军张召重，于是文泰来又落到了他的手中，万般无奈之下，陈家洛只好接了总舵主一职。接下来他们就先后经历了多次的营救，都因童兆和、张召重等恶人作梗而功亏一篑，直到第十回才营救成功。之后他们便开始了反清复明的大业，采用的方法就是遵照老舵主于万亭临终时的嘱托，利用陈家洛与乾隆的血缘关系、兄弟之情进行宫廷政变，结果惨遭失败，退隐回疆。另一条线索是木卓伦部落在红花会的帮助下抢回了他们的圣物《可兰经》，虽然在霍青桐的指挥下取得了黑水河战役的胜利，但终寡不敌众，被乾隆的军队所剿灭，全部壮烈牺牲。

　　小说故事情节曲折动人，武打精彩纷呈，场面浩大，人物鲜明，虽然是第一部小说，但仍显示了金庸的不同凡响，下面我们就从情节、人物、艺术三个方面赏析一下《书剑恩仇录》的独到之处及贡献。"从最一般意义上讲，小说情节就是一个个由某种内在逻辑联系在一起的故事，是一组（或几组）经过挑选，并按照一定的时空次序和因果关系精心组合起来的事件。" [2] 衡量情节价值高下的标准如下：1. 是否真实；2. 是否生动；3. 是否有力表现作品的主题和人物的性格。

《书剑恩仇录》除了描写陈家洛反清复明，霍青桐为首的回部反抗清政府镇压之外，还穿插了陈家洛与霍青桐和香香公主、余鱼同与骆冰和李沅芷、关明梅与陈郑德和袁士霄的爱情故事。武戏、情戏相互交错，使故事情节跌宕起伏，引人入胜，比较圆满地完成了反对异族入侵和本民族镇压这一主题的诠释与表达。在《书剑恩仇录》的众多情节中有很多可圈可点之处，其中文泰来被捕是重要的情节，写得跌宕起伏，引人入胜。整个小说的前十回都是围绕营救文泰来展开的。因为文泰来被捕，陈家洛才不得不接任总舵主之职；因为文泰来被捕，才有了红花会集体亮相，周仲英、周绮的登场。回族抗击清兵的黑水河战役是小说后半部的情节，笔饱墨酣，精彩生动，有声有色。既有大军对抗的战场作战，也有泥淖战、雪战、水战、阵地战等，多方位地描写了回族反抗的决心和不屈的斗志，有力地揭示了作品主题，还生动地塑造了巾帼英雄霍青桐，使故事的情节进入了高潮。智擒乾隆是小说后半部的重要情节，是红花会实现反清复明的行为，同时也承载着作品的主题。但写得轻率、简单、无力，很不成功。一是让乾隆受饿，不给他饭吃；二是展示红花会的武功，对乾隆进行恐吓；三是让乾隆穿上汉人的服装，恢复他汉族人的模样，之后陈家洛与他推心置腹，动之以情，乾隆便同意与陈家洛"盟誓"，进行宫廷政变，实现恢复大汉江山的目的。对乾隆内心变化没有触及描写，显得苍白无力。正因如此，当乾隆脱困回到宫中后，仅仅因为太后掣肘，乾隆就轻易背盟，使得红花会反清复明以失败告终，故事的发展进入了尾声。

除了上述的重大事件外，我认为如下的人物和事件在小说的故事情节发展中也起到了不可忽视的作用。陆菲青因无法忍受蚊蝇叮咬而发芙蓉金针将其钉在墙上一事开启了故事，具有四两拨千斤的效果；李可秀提职一事虽一笔带过，但于情节的发展有不可忽视的意义，一是将故事的空间由李可秀的院内转到了前往杭州的路上，叙事人的视野随之扩大，故事的规模和场面也随之宏阔。富有地域特色的长风、古道、戈壁、沙滩、昭示季节轮回的南归的北雁——出现在读者视野。二是回族抢夺《可兰经》、红花会"千里接龙头"、武维扬镖行登场有了机会。张召重是一个极恶的典型，武艺高强、心肠毒辣、灭绝人性，他的存在使营救文泰来一再受阻，从而延宕了故事的发展。证明乾隆身份的两封信件，既使故事的叙事空间由山青水暖的江南转回到回疆戈壁沙滩，又使故事的发展从茫茫江湖转到皇宫内院，从隐秘的前代私密到轰轰烈烈的剑影刀光，从江南恩仇到大漠情缘，把历史与江湖结合起来。

叙述作品的结构，即是叙事内容的存在形态。"是指作品中各个成分或单元之间关系的整体形态"[3]，它包括表层结构和深层结构。具体化为情节的组织与安排，该用什么样的素材，哪个先哪个后，主次、轻重、详略如何搭配，整个作品分为几个部分，前后照应与过度等，是叙事技巧策略的层面的问题。结构服务于主题、人物，结构须和谐统一。线索就是贯穿全文的脉络，使文章浑然一体，使结构完整严谨。

《书剑恩仇录》以陈家洛率领红花会反清复明为主要线索，回族反抗清政府的镇压，陈家洛、余鱼同的爱情为副线串起众多事件。前二回是正式的开端，各路人马纷纷登场亮相。从第三回至第十回讲述陈家洛率领红花会营救文泰来，先后经过河井、凉州、黄河边、李可秀院内等几次营救，均因各种原因而功亏一篑，直到第十回才营救成功。这其中，陈家洛率领红花会还帮助回部抢回了《可兰经》，抢了兆惠大军的粮食赈济灾民。第十一回到第十五回写陈家洛逼乾隆立誓盟约，进行反清复明大业。采用的方式是遵照老舵主于万亭的嘱咐，利用陈家洛与乾隆亲血关系，逼迫乾隆立誓盟约，进行宫廷政变，恢复大汉江山。霍青桐指挥回部夺取黑水河战役的胜利是故事的高潮，第十六回至第二十回是故事的结局，写脱困的乾隆回到宫中实施他与陈家洛的约定，但因太后的干预不但未实现他们的约定，还背盟负义，派兵偷袭了回族部落，又将红花会逼到了回疆，小说以红花会反清复明的失败而告终。《书剑恩仇录》写了许多精彩的故事，但结构比较简单。前十回重点写营救文泰来，后十回重点写反清复明。揭示主题的后半部分的笔墨少于前面，分量不够，笔力篇幅不足，致使全篇主次轻重搭配不够妥帖，整体不够和谐，前紧后松，前十回精彩纷呈，后十回平淡寡味。但是，作品的开头与结尾值得一提。小说结尾正当红花会群雄劫持乾隆出宫之际，安徽巡抚方有德抢到周绮的孩子要挟群雄，使红花会杀死乾隆的行为受到掣肘。对此，陈尚荣指出："金庸在此用两个月大的婴儿，止息了一场流血事件的续演，平息了一场说不清的正义和非正义的厮杀……所有的正派侠义人物都会在道义的胜利与政治的胜利之间选择前者，这也是金庸在其十五部小说一直循守的一条人物命运处置的原则。"[4] 体现了金庸对"快意恩仇"的否定。除此之外，笔者认为此情节的选用，从结构上看和开篇的用芙蓉金针将飞行的苍蝇一个个钉在墙壁上的情节前后呼应，具有同样的四两拨千斤的艺术效果。

三、人物的刻画与塑造

《书剑恩仇录》是金庸的第一部武侠小说，但并非是他文学创作的处女作。在此之前金庸已经有了很多作品问世，如：电影剧本《绝代佳人》《兰花花》《不要离开我》《欢喜冤家》，还写过包括《门边一树碧桃花》的许多电影插曲。特别是《绝代佳人》被翻拍成电影，获得了1956年中华人民共和国文化部金章奖。上述作品的问世，都为他后来的武侠小说创作打下了坚实的基础。所以他的《书剑恩仇录》甫一问世就非同凡响，它的不同凡响表现在方方面面，更主要的是金庸第一次把人文精神注入到古老的武侠小说之中，创造了独具人性魅力的武侠世界。把偏重讲故事的武侠小说，提升到注重人物性格塑造、探索人性的"人学"，提高了武侠小说的档次。而血肉丰满的人物形象，正是《书剑恩仇录》"人文精神"的集中体现。

1.陈家洛

作为金庸的第一个主人公，陈家洛这一形象自然引起了读者和评论家的关注。陈墨在《众生之相：金庸小说人物

金庸小说阅读与赏析

谈》中将陈家洛定义为有着大英雄、大丈夫光环，内心却患有严重心理疾病的小男人形象。吴霭仪在《金庸小说的男子》中认为陈家洛是一个比较复杂的人物，表现了知识分子的理想、抱负及幻想、幻灭。覃贤茂的《金庸人物排行榜》将陈家洛排在了十大书生中，名列第九位，是一位缺少大英雄吞天吐地气势的书生。冯其庸《论〈书剑恩仇录〉》中认为陈家洛是一位带有多种缺陷而又才华出众、武功卓绝、领袖群雄的形象。金庸自己在《书剑恩仇录》的后记中说："海宁……近代的著名人物有王国维、蒋百里、徐志摩等。他们的性格都有一些忧郁色调和悲剧意味，也却带几分不合时宜的执拗，陈家洛的身上或许也有一点这几个人的影子。"[5]

除上述观点外，学界也有一些其他的看法，但不论哪一种都离不开"悲剧"二字，也就是说悲剧是陈家洛这一人物最大的特征。因此，对陈家洛的界定应该从悲剧入笔，他是集性格悲剧、命运悲剧、社会悲剧于一身的人物形象。命运是万事万物由宇宙规律所预定的从生到灭的轨迹，是不能改变的过去和无法掌握的未来。陈家洛出场时，无论武功还是资历都不能胜任红花会总舵主一职，但他是乾隆的兄弟，于万亭就是想利用他们的血缘亲情进行宫廷政变，以实现反清复明的民族大业。所以，陈家洛早已成为其义父反清复明大业的一枚棋子，他必须担当总舵主，这就是他的命运，无法改变，更无法拒绝。其次就是社会原因。文泰来被张召重拘捕之后，为了营救文泰来，陈家洛才勉为其难地接受了红花会总舵主的大任,这是他牺牲自我感情顾全大局的可贵之处，即便如此，他也无法改变历史的进程。陈家洛率领红花会反清复明行为是发生在"康乾盛世"，社会经济较明末有了极大的发展，百姓生活稳定。在这样的历史背景下，去实现推翻清朝政府，重建腐败不堪的明朝汉族政权已是不可能的，对于百姓来说，谁当皇帝都不重要，重要的是国泰民安。何况乾隆此时已做了三十多年的皇帝，帝位已是稳固。对乾隆而言，做汉人皇帝是皇帝，做满人皇帝也是皇帝，为什么还要冒着风险与一帮江湖人士来一场宫廷政变？到头来还是当皇帝，弄不好，皇帝还会当不成。基于上述的不可违逆的历史背景因素，陈家洛的反清复明的计划注定以失败告终。

如果陈家洛的事业悲剧多是由于社会与命运因素的话，那么他的爱情悲剧则是嫉妒自卑、心胸狭隘的性格所致。文中与陈家洛发生情感纠葛的有两位女性，一位是美丽又足智多谋、被誉为巾帼英雄的霍青桐，一位是心地纯正美貌如仙的香香公主，她们是亲姊妹。陈家洛先遇姐姐，他在与红花会群雄帮助霍青桐抢夺回族圣物《可兰经》时，两人产生情愫。在第四回"置酒弄丸招薄怒，还书贻剑种深情"中写道："陈家洛见霍青桐体态婀娜，娇如春花，丽若朝霞，先前专心看剑法，此时临近当面，不意人间竟有如此好女子，一时不由心跳加快。"[6]动了心的陈家洛听木卓伦表示要霍青桐留下助红花会营救文泰来时，他大喜悦道："那是感激不尽。"接下来女扮男装的李沅芷，策马驰到霍青桐身边，侧身搂着她的肩膀，在她的耳边低语了几句，霍青桐"嗤"的一声笑，李沅芷马上一鞭，向西奔去。这一场景被陈家洛看在眼里，心里有一股说不出的滋味，他嫉妒霍青桐与李沅芷的亲热。这份"滋味"不仅让他呆呆出神，还让他做出了拒绝霍青桐兄妹援助红花会救助文泰来的决定，哪怕是霍青桐含蓄地向他做了解释，以及后来多次与女扮男装的李沅芷接触，心里已明明白白地知道她是女子，他还是忘不掉那份"滋味"。究其原因，诚如他的分析："难道我心底深处，是不喜欢她太能干吗？是的，我敬她多于爱她，我内心有点怕她。和喀丝丽在一起，我却只有欢喜，欢喜，欢喜……我对喀丝丽情根深种，只有情不自禁的欢喜。"[7]上述这些文字是陈家洛究竟心属姐姐还是妹妹的内心独白。对于霍青桐是敬、是怕，对喀丝丽是情根深种，是情不自禁的狂喜，所以陈家洛爱谁不爱谁，自己心知肚明。后来在玛米尔不屈精神的感召下，陈家洛走出了情感纠葛，打定主意，光复大汉之前，绝不会再理会自己的情感。为了自己的事业，暂且放置一下纠缠不清的情感可以理解，但如果为了实现自己的大事业而拿爱情作为交换就不能原谅了，这一行为也引起学界一致的批评，认为陈家洛是软弱、虚荣、无情无义，甚至是小男人。相较于陈家洛，香香公主不仅外表美丽、内心坚强，而且宁死不屈，以自己的生命营救了红花会兄弟的性命，拯救了陈家洛的灵魂。

总之，陈家洛是悲剧的人物，命运、社会与性格使他爱情与事业双重悲剧。仅从这一点来说，金庸这部小说在塑造人物上就有了突出性的贡献——打破了黑白分明、二元对立的格局，奉献了一位复杂的人物形象，而主人公悲剧的人生与结局，也使他的小说文章多了些生活气，少了神气、仙气，所以学界认为陈家洛具有"反武侠"的味道。

2. 余鱼同

在这部作品中有缺陷的人物不止陈家洛，余鱼同也是其中的一位。这是一位知耻近勇的艺术形象。对于余鱼同的知耻近勇，作者主要通过他轻浮佻挞、爱走极端、自怨自怜、自赎自救的心路变化和情感波折的描写与刻画来完成。真实生动，令人难以忘怀。某种程度上讲，余鱼同的形象超过了陈家洛，可能因为他不是主人公，作者在写他的时候更能放开手脚，这个人物也就更真实饱满。

余鱼同出身江南望族，中过秀才，只因报仇雪恨才不得不亡命江湖，来到了红花会。在此他排行十四，主要负责外联，亦即总部与分部的联络，这是一份辛苦的工作。余鱼同之所以常常申请外出联络分部，不仅因为他任劳任怨、不辞劳苦，还有一个更为主要的原因是避免与骆冰见面。骆冰是文泰来的妻子，他的义嫂，自他第一次见到骆冰后就不能自已，明知道这是无结果的爱恋，恨自己禽兽不如，但就是不能忘怀，而且还"常常想，为什么老天不行好，叫我在你未嫁时遇到你，我和你相貌相当，四哥跟你的年纪差了一大截"。正是这自信乃至自负的假想，让他深深地陷入自怨自怜的情感泥沼中无法自拔。想极恨极了，就用匕首在自己的手臂上划一刀，五六年过去了，手臂上已是伤痕累累，还是无法停止对骆冰的思念，平息内心的波涛，终于使自己犯下了猥亵义嫂的罪过。骆冰看到自己的丈夫文泰来被张召重抓走之后伤心欲绝，再加上一天的奔波恶斗，就沉沉昏睡过去了。此时只有她和余鱼同处在这夜半荒野山岭，余鱼同再也无法控制就搂抱并吻了骆冰，就是这不义之举，触犯了红花会"淫人妻女"之罪，把自己推向了罪孽的深渊，成了有情无义的邪恶之徒。

接下来，余鱼同会走上何方？是沿着错误的道路前行？还是悬崖勒马，悔过自新？金庸选择了后者。因为在金庸看来，人是复杂多变的，绝不是好人一直都好，从生到死都不犯错误，坏人则永远地坏下去。人和动物的根本区别是有自我反省、自我拯救的能力。所以，金庸就为余鱼同设计了一条悔过自新之路。爱走极端的余鱼同，把这条路走得特别惨烈、艰难、曲折。

惨烈是指余鱼同抱定就是拼掉性命，也要从魔爪下把文泰来救出，交给义嫂骆冰。从此，每一次对文泰来的营救，都能看到余鱼同不要性命的打法。一次次深入刀丛，甚至用自己的身躯来滚灭熊熊燃烧的炸药，终于把文泰来救了出来，实现了自己的诺言，但他自己也因此毁了一张俏脸，舍去了半条性命，令人感慨唏嘘。

救出文泰来只是他为自己的不义之举赎罪，是自我拯救的第一步，但并不意味着他的心放下了骆冰。只有让他的心走出这"情的牢笼"才是他真正地完成了自救，为此，余鱼同出家做起了和尚，过上了晨钟暮鼓、青灯古卷的生活，但是晨钟也好，暮鼓也罢，却敲不走打不断他的尘世情缘。因

金庸小说阅读与赏析

为余鱼同出家的只是肉身，他的灵魂并未随之而来，他的情根太深，只能回到尘世中寻找救赎之路。恰巧此时他师父又被张召重所杀，他又有了机会和红花会的兄弟们一起作战。在这个过程中余鱼同终于有勇气向文泰来承认自己对骆冰的情感及犯下的过错，并请求文泰来的原谅。至此，我们也为他舒了口气，为他不再向人隐瞒自己的过失，敢于正视他的错误。再之后，就是高人指点李沅芷，用对付"犟驴"的以退为进的方法，走进了余鱼同的内心情感世界，而他心悦诚服地接受李沅芷，尽管原因很复杂，过程也多周折，但他终于可以坦然面对文泰来夫妇和红花会众兄弟，至此他才真正完成自我拯救。

余鱼同这个人物形象的意义是向我们提出了如下问题：爱上一个不该爱的人怎么办？是人的正常心理还是不道德的表现？爱情需不需要讲道义、理性、良知？所以，这个形象实际上也蕴含着金庸对爱情的认识与评价。不仅是道德层面的，还有心理与精神层面的，具有很强的现代意识。

3. 乾隆

陈家洛和余鱼同是文学作品虚构的人物，相较虚构的人物，现实生活中的真人不好写。一是给作者留下的空间有限，二是读者会拿真人去和文学作品里的人物进行比较。但金庸并未退却，反倒在《书剑恩仇录》里成功地塑造了乾隆这一形象，可见金庸的挑战精神。乾隆在小说中出场的次数较多，因此这个人物很有层次感，纵观古今文学作品，能够把帝王描写得如此多维立体的并不多。

第一次，陈家洛游西湖，到了中天竹，听到琴声及有人朗诵《锦绣乾坤》一词，于是认识了自称"东方耳"的人，两人相互被对方吸引。闲谈中说起了定边兆惠大将军的军粮被劫(实际上是陈家洛等人而为)一事，双方对此事件的看法针锋相对，说话或明或暗(各方不愿暴露身份)。但乾隆的能诗善琴，善于识人，富有"雅量"也表露出来。第二次，是在西湖游船之中，各自陈述他们的政见。陈家洛说"水能载舟亦能覆舟"，乾隆说"'帝王受命于天'，率土之滨莫非王臣"……真个好看煞人。第三次，在海宁陈世倌的墓前。血缘关系使二人消除了敌意，让他们的心紧紧地靠拢在一起。乾隆对陈家洛推心置腹的好意确是发自内心，所以他紧握陈家洛的手都在颤抖，真情感人。这一次描写，主要表现他的人情及爱才的一面，但仍不失皇帝的派头。第四次，乾隆被劫到六和塔上，他的富贵不仁、不念亲情、政治家的嘴脸显露无遗。第五次则是在皇宫宝月楼，乾隆贪色、背信、毒辣等性格表现出来。作者通过几次描写将乾隆的形

金庸小说阅读与赏析

象层层渲染，使乾隆的人物形象逐渐丰满起来。遍观新派武侠小说，无一人能有此手笔。

除去以上男性形象，文本中也成功地塑造了几位女性形象。如巾帼英雄霍青桐，一出场就是一个承受苦难、甘挑重担的角色。文中从她帮助父亲夺回本族圣物《可兰经》，指挥黑水河战役等情节，表现了她识大体、顾大局、忍辱负重、临危不乱、沉着镇定、运筹帷幄、决胜千里的谋略。写她是天山双鹰的高徒，主要是表现她的"三分剑术"武功的来源与了得。特别是对她爱情悲剧的描写，更是让读者叹惋。此外，李沅芷的聪明伶俐、机灵顽皮不输给黄蓉，甚至可以说她是黄蓉的雏形，而她对爱情的执着也让我想到了郭襄、阿紫，这个人物应该好好进行分析，但篇幅有限，此不赘述。本书还有一些人物如喀丝丽、陆菲青、文泰来、张召重、周仲英等也都写得很成功，一代大侠袁士霄、关明梅与陈郑德之间的恩怨也给读者留下很深的印象，让我们想到金岳霖、林徽因和梁思成的故事。

四、作品的艺术特色

1."武"的描写与创新

《书剑恩仇录》是一部武侠小说，当然离不开"武"和

"打"。金庸在这部作品中给我们描绘了一个又一个精彩纷呈的打斗场面，奉献了一个又一个出神入化的武功，令读者耳目一新，爱不释手。

首先，武功打斗的艺术化与文学化。艺术化就是把诗词曲赋音乐等艺术融入武功打斗中，文学化借打斗和武功塑造人物，刻画性格，勘探破译人性，推动故事情节的发展。比如，陈家洛运用独创的"庖丁解牛掌"的武功在"玉峰迷城"与张召重大战，由余鱼同吹《十面埋伏》那一场打斗就十分典型。作品是这样描写的：

余鱼同越吹越急，只听笛中铁骑奔腾，金鼓齐鸣，一片横戈跃马之声。陈家洛拳法初始还感生涩，这时越来越顺，到后来犹如行云流水，进退趋止，莫不中节，打到一百余招之后，张召重全身大汗淋漓，衣服湿透，忽然间笛声突然拔高，犹如一个流星飞入半空，轻轻一爆，漫天花雨，笛声紧处，张召重一声急叫，右腕已被双指点中，宝剑脱手，陈家洛随后两掌打在他背心之上，纵声长笑，垂手退开。这两掌可是含劲蓄力厉害异常。张召重低下了头，脚步踉跄，就如喝醉酒一般。[8]

金庸小说阅读与赏析

这一武打场面的描写，无论是对人物形象的刻画，还是对故事情节的推动都有不可忽视的意义。从情节上看，如上所述，张召重奸诈狠毒，外加削铁如泥的凝碧剑，使红花会群雄常常处于束手无策的境地，是反清复明的心腹大患，前行路上的绊脚石，必须除掉。陈家洛虽然熟练百花错拳，但始终不是张召重的对手，现如今创了这套拳法，正好解决这一悬念。从刻画人物来说，也是陈家洛进入大师境界的标志。因为一个人的武功是否真正达到了大师境界，其标志便是自创新的武功。百花错拳打得再好，但毕竟是师父袁士霄的，而非属于陈家洛。最后，这套武功形如舞蹈，配以金笛吹出《十面埋伏》，让人大开眼界，通过笛音快慢高低的节奏，展现两位高手过招的雷霆万钧、排山倒海的气势，音乐和舞蹈的完美结合，天衣无缝，武打的场面音乐化、艺术化，叫人拍案称绝。类似这样的武功，还有三分剑术、百花错拳以及运用这些武功打斗的场面，均成为叙事写人的重要手段与环节，推动着故事情节的发展。

其次，武功打斗的多样化。武功的多样化包括兵器、拳脚和招式多样化。"矛锤弓弩铳，鞭铜剑链挝。斧钺并戈戟，牌棒与枪杈"样样俱全。拳脚方面更是金庸用心拓展之处。《书剑恩仇录》除了描写武当、少林功夫以外，还成功地创造了"百花错拳"和"庖丁解牛掌"，尤其百花错拳，妙在一个"错"字。每一招均和各派正宗手法相似而实完全不同，其精微要旨在于"似是而非，出其不意"八字。旁人只道拳脚全打错了，岂知正因为全部打错，对方才防不胜防。凡武学高手，见闻必博，所学必精，于诸派武技胸中早有定见，不免"百花"易敌，"错"字难当。武功打斗方面，金庸在继承前人基础上，突破了以往武侠小说单独打斗、飞檐走壁的框框，创造了大规模的群斗，甚至大军对抗的战场作战。如霍青桐指挥回族部落的黑水河战役，是小说后半部分重要的情节，揭示着作品反抗压迫、不畏强暴的主题，对此作者用了大量的笔墨进行描写，看得读者惊心动魄，一气呵成，不忍释卷。同时也描写了霍青桐在敌众我寡的情形下，临危不乱，沉着应战，充分利用有效的地势资源，率领回部和清军先后展开了泥淖战、河战、石油战、雪山战，把清兵打得心碎胆裂，取得了黑水河战役的胜利。一个忍辱负重、足智多谋、指挥若定、决胜千里的巾帼英雄形象矗立眼前。此外还有西湖船上的打斗，六和塔上的斗争，甚至与狼群的人狼之战，以及更加别开生面的以口述来打斗。这一打斗令人耳目一新，又真实可信。可信是因为现实生活中有口弈、盲弈。新颖是指以前从未有过口述打斗。诸如上述种种既新奇而又合乎生活的、具有突破性的描写，自然令金庸的小说不同凡响。

再次，武功打斗的具象化和过程化。具象化，是指在打斗的描写上，在道出武功招式后，必用读者能够明白的语言，解释此招如何用力用劲，如何拿捏敌方身体何部位，而对方又是如何防守反击，如陆菲青与焦文期过招一段：陆菲青见焦文期功力甚深，颇非昔比，喝一声："好！"一个"虎纵步"，闪开正面，踏上一步，已到了焦文期右肩之侧，右掌一招"划手"，向他右腋击去。焦文期急忙侧身分掌，琵琶遮面，左掌护身，右手"刀枪齐鸣"，弓起食中两指向陆菲青点到。这段文字将二人的打斗描写得生动形象，如在眼前一般。过程化，指的是详细的描写打斗过程，铺垫、开端、持续、高潮、结局，起承转合，无所不备。金庸在武打场面的过程化的创新上也是居功甚伟，以此书开篇陆菲青激斗三敌为例：陆菲青在住处忽闻有人来袭，便跳窗上房，奔至野外，用意一是免惊旁人，二是察看敌方人数和武功强弱。分辨了三人情况后，先是谦抑退让，但对无礼的贝人龙则绝不留情。在打斗中间，又突出陆菲青老年后的心理，知道这些贪图功名利禄者，天下滔滔，实在杀不胜杀，所以在点到焦文期时手下尚且容让。但谁知焦文期趁机反使毒招，伤了陆菲青，而且毒性开始发作。最后他以点穴手、大摔碑手、芙蓉金针连毙三敌，自己也负重伤。这样的过程首尾清楚，中间又千变万化，融入打斗各方之性格、心理等，让读者时而惊讶，时而愤恨，时而惊喜，沉浸在阅读的快乐之中。更值得注意的是打斗场面中常蕴含许多转折，深合叙事原则，如红花会群雄前往铁胆庄援救文泰来，晚上与铁胆庄捕快一场混战，此时红烛均被弹弓打灭，各人屏气凝神，不敢稍发声息，以免他人袭击。此际的静寂"比之适才呼叫砍杀"，更加令人惊心动魄。忽然厅门打开，一人手执火把走了进来，接着是陈家洛隆重登场。从乱到静、从静到动的场面转换，突兀峭然，又合情理，传达给读者多种审美体验。

2. 以"绰号"刻画人物

以"绰号"刻画人物并不是始于金庸，古已有之。用得最好的就是《水浒传》，没有哪一部作品可以与之抗衡。《水浒传》的绰号丰富，有内涵，是人物或外貌、或性格、或特长、或兵器、或职业、或身份的高度浓缩，是人物的一个标签。金庸受其父亲影响，少年时阅读的文学形式也以小说为主，读过"四部古典"小说。《水浒传》一百单八将的绰号诨名无疑会对金庸产生影响。这种影响在他的第一部作品《书剑恩仇录》中就表现出来了。比如，红花会十四位当家除陈家洛之外，都有绰号。二当家无尘道长是追风剑，三当家赵半山是千臂如来，四当家文泰来是奔雷手，五、六当家是孪生兄弟号黑（白）无常，七当家徐天宏是武诸葛，八当家杨成协是铁塔，九当家卫春华是九命锦豹子，十当家章进是驼子，十一当家骆冰是鸳鸯刀，十二当家石双英是鬼见愁，十三当家蒋四根是铜头鳄鱼，十四当家余鱼同是金笛秀才，其他人物亦有绰号，如周仲英号"铁胆"，袁士霄号"天池怪侠"，陆菲青号"绵里针"，霍青桐号"翠羽黄衫"，喀丝丽人称"香香公主"，王维扬号"威震河朔"，张召重号"火手判官"等。有些绰号还与梁山好汉有关，如锦豹子是梁山好汉杨林的绰号，而红花会的卫春华却号九命锦豹子，他面目英俊，奋勇杀敌，不顾性命，一生所遇凶险不计其数，但连重伤也未受过一次，所以说他有九条性命。周仲英的女儿周绮性格豪迈，爱管闲事，好打不平，外号"俏李逵"。这些别号对人物形象的塑造和内容主题的表达起到了良好的作用，有较高的艺术性。

3. 闲笔与谐谑的妙用

闲笔，指在主线叙述中穿插的支线情节或闲散情节。这些闲来之笔，看似与主线故事无多大关系，实际上却能起到调节作品的叙述节奏、衬托情节氛围的作用。还可以增强作品的知识性、趣味性，令读者拓宽视野的同时，也会有意外收获。金庸深谙其中奥妙，在描写紧张密集情节之余常用"闲笔"，不仅使小说的节奏变得张弛有序，徐疾有度，而且也提高了武侠小说的艺术性。比如第七回"琴音朗朗闻雁落，剑气沉沉作龙吟"的开篇：

在苏堤的白堤上漫步一会儿，独坐第一桥畔，望湖山深处，但见竹木森森，苍翠重叠，不雨而润，不烟而晕，山峰秀丽，挺拔云表，心想："袁中郎初见西湖，比作是曹植初会洛神，说道：山色如娥，花光如颊，温风如酒，波纹如绫，才一举头，已不觉目酣神醉。不错，果然是令人目酣神醉。"……他幼时曾来西湖数次，其实未解景色之美，今日重至，才领悟到这山容水意，花态柳情。凝望半日，雇了一辆马车往灵隐去看飞来峰。峰高五十丈许，缘址至巅皆石，树生石缝，枝叶翠丽，石牙横竖错落，似断欲坠，一片空青冥冥，陈家洛一时兴起，对心砚道："咱们上去看看"。[9]

这是一段对西湖景色描写的文字，非常简洁凝练，富有节奏感、意境美，这主要得力于四字语句和古诗词的引用。类似这样的文字在文本中随处可见，既增加了作品的意境，

金庸小说阅读与赏析

也提高了文学性。所以冯其庸说："金庸小说的语言，是非常文学化的语言。他的语言不仅雅洁，而且文化品位高，他的环境语言有意境。"[10]

谐谑，这是金庸对中国文学的独特贡献，也是金庸作品独特的生命点。比如第十回：

车行良久，道路不平，震动加烈，似已出城，到了郊外。再走了好半天车子停住，乾隆感到给人抬了出来，越抬越高，似乎漫无止境，心中十分害怕，全身发抖，在被窝里几乎要哭出来了。惶急之际，忽动诗兴，口占两句诗云：疑为因玉召，忽上峤之高。[11]

这段文字卢敦基给予详细分析："这已不是一般的幽默，也非单纯的插科打诨，可以说它涉及了常人难以觉察的潜意识。按小说中说，乾隆这次来江南，到处吟诗题字，唐突胜景，作践山水，再加微服出游，竟然见赏于名妓。美人垂青，自不由帝王之尊荣，而全凭自身真材实料，她定是看中我宋玉般情，潘安般貌，子建般才。当年红拂巨眼识李靖，梁红玉风尘中识韩世忠，亦不过如此，可见凡属名妓，必然识货，若不重报，何以酬知己之青眼？立命和珅赏赐黄金五十两。

沉吟半晌，成诗两句'才诗或让苏和白，佳曲应超李与玉'，身如帝王，胸中却存一段文豪情结，致使他遭'匪人'劫持之际，一面极端恐惧的同时，潜意识又特别活跃，遂能口占诗句出口成章，两句歪诗，让人喷饭。而小说的成功之处也正在于此，这是恐惧和喜悦的对峙。正是这截然相左的两相对峙，表示了巨大的艺术张力，显示了艺术家的不羁的想象力和世界的多样性，而阅读结果——喜乐至为关键。如果潜意识绵延后指向的是悲苦、寂寥、萧瑟……与中国文化很难吻合。金庸的谐谑根植于中国的传统乐感文化基础，他的作品才得以万众传观，经久难衰……在《书剑恩仇录》中，尚属闲笔，基本上只是一种行文上的调剂，在《射雕英雄传》越来越鲜活，摆脱了附属的形态，升格为人物形象。" [12]

注释

[1] 冯其庸. 论《书剑恩仇录》[J]. 北京师范大学学报（社科版），1997 (5)：66.

[2] 王耀辉. 文学文本解读 [M]. 武汉：华中师大出版社，2000：145.

[3] 童庆炳. 文学理论教程 [M]. 北京：高等教育出版社，2003：215.

[4] 陈尚荣. 试论《书剑恩仇录》结局的经营艺术和隐匿的文本意义 [J]. 南京理工大学学报（社科版），1999 (4)：32.

[5] 金庸.《书剑恩仇录》[M]. 广州：广州出版社，2008：749.

[6] 金庸.《书剑恩仇录》[M]. 广州：广州出版社，2008：142.

[7] 金庸.《书剑恩仇录》[M]. 广州：广州出版社，2008：607.

[8] 冯其庸 . 论《书剑恩仇录》[J] . 北京师范大学学报（社科版），1997 (5)：69.

[9] 金庸 .《书剑恩仇录》[M]. 广州：广州出版社，2008：226.

[10] 冯其庸 . 论《书剑恩仇录》[J] . 北京师范大学学报（社科版），1997 (5)：72.

[11] 金庸 .《书剑恩仇录》[M]. 广州：广州出版社，2008：355.

[12] 卢敦基 . 论金庸对中国文学的独特贡献 [J]. 浙江学刊，1999（6）:129-129.

▌第三章 《射雕英雄传》的阅读与赏析

一、作品的发表与轰动

《射雕英雄传》是金庸武侠小说创作一次质的飞跃。这部小说从 1957 年起在《香港商报》上连载后，立即引起了巨大的轰动，当时香港的读书界，出现"开谈不说《射雕英雄传》，纵读诗书也枉然"的情形。作为这种轰动的直接反映就是武侠电影的大导演胡鹏，在 1958 年这部小说尚未连载结束时，就将这部作品搬上了银幕，拍摄了同名电影《射雕英雄传》，由曹达华、荣小意主演，而热心读者则从此认定金庸是真正的武林盟主。这部作品共四十回，讲述的是一位大漠来的傻乎乎的少年，如何成长为武功人品当世第一人艰难而光荣的经历和通往武林高峰历程中激动人心的故事。小说以主人公成长为模式线索结构全篇，开篇第一回讲述的是他的父辈——郭啸天和杨铁心的故事。两人因为不愿做金人的奴隶从山东来到了江南的牛家村，并结识了武功卓越、为人侠义、为国除奸的长春子丘处机。二人也因此落得勾结巨寇、图谋不轨的罪名，遭到以段天德为首的众兵丁的拘捕。在这一过程中，郭啸天当场毙命，杨铁心身受重伤不知下落，二人的妻子李萍和包惜弱被活捉。走到半路又有一批人马冲过来，抢走了包惜弱，只剩下李萍一人。丘处机闻后悲愤不已，取下被示众的郭啸天的首级埋在西湖边，拜了几拜，流下泪来，并默默发誓，杀了段天德，寻到两人的妻子与孩子，并把孩子调教成人，为他们的父亲报仇。

被丘处机一路追杀的段天德忽然想到了自己出家在云栖寺的伯父武功了得，又想到李萍在紧要关头可以作为人质，当下就逼迫李萍换上军装来到了云栖寺。他的伯父枯木大师向来不齿段天德的为人，几乎不与其往来，所以对他的态度十分冷漠，只是看在亲戚的情分上收留了他。后来枯木大师想到自己不是丘处机的对手，于是写一封信交给段天德，让他去法华寺焦木大师那里避上一避。丘处机跟随其踪迹来到法华寺外，看到了李萍也在寺院里。待他进入寺院时，李萍却被段天德拉进地窖，丘处机就让焦木大师交出李萍，焦木大师一口咬定法华寺不可能有女子进入。两人越说越僵，只好请江南七怪来调解，非但没有调解成功，金兵又闯入进来，误会更深，便动手打了起来。双方受伤惨重，段天德却乘混乱之际，挟持李萍逃之夭夭。数日之后，江南七怪和丘处机恢复得差不多了，也解除了误会，于是他们定下一个长久的比武计划，那便是十八年后的今日——三月二十四日，大家再聚醉仙楼，让两边的弟子比武，一决胜负。

时光匆匆，六载已过，当年李萍和段天德被蒙古大军冲散，天各一方。李萍已把腹中的孩儿生了下来。江南七怪苦苦在大漠中寻找六年，终于找到了郭靖，开始传授他武功。漠北草原，夏草青青，冬雪皑皑。恍然间十年光阴又过去了，郭靖已是16岁的粗壮少年。距比武之约不到两年，江南七怪对郭靖习武督促得更紧，命他从早到晚苦练拳剑，把弓箭骑射暂且放下。在这十年中铁木真征战不停，吞并无数部落，部众人人骁勇善战，所向披靡。十六年来，江南七怪的朱聪不断回忆当年与丘处机激斗的场面，丘处机的一招一式在他的脑海中清晰异常，尤胜当时所见，但要在他的招式中寻找破绽，实非己之所能。好在全真教的大弟子丹阳子悄悄来到郭靖身边暗自教他武功，使他的武功大有长进，在解救铁木真的过程中，郭靖立下奇功并被封为金刀驸马。李萍听后又惊喜又为难。惊喜的是儿子长大成人了，为难的是当了金刀驸马之后，为父报仇就很难有时间和机会了。于是李萍与江南七怪商量后决定，带郭靖去江南找段天德报仇，并想法找到杨铁心的子嗣，这一切办完之后，再回来与公主华筝成亲。

很快，江南七怪与郭靖就上路出发，每天晓行夜宿。这一天，他们甩开想要抢夺他们汗血宝马的八名女子，来到了张家界的一家大酒店。在这里他遇到了一个衣衫褴褛、身材瘦小的小乞丐，两人十分投缘。郭靖不但不嫌弃他，还请他吃饭，看他衣衫单薄，就将自己的裘皮大衣给了他，甚至只要小乞丐喜欢，哪怕是自己的汗血宝马也毫不犹豫地送给他。郭靖的一系列行为，深深感动了这个小乞丐，两人相约第二日湖边相见。第二天，那个"小乞丐"变成了一个美少女——黄蓉，原来昨天的"小乞丐"是东邪黄药师的女儿黄蓉所扮。从此开启了靖蓉之恋，也开始了为父报仇之旅，在黄蓉的帮助下，郭靖终于成为襄阳抗蒙入侵的大侠。

《射雕英雄传》一经发表，不仅轰动了香港，而且波及东南亚。那时每天报纸一出来，人们首先翻到副刊看金庸的武侠连载，市民街谈巷议的也多是与小说的情节、人物相关。一时间，看一遍不过瘾，又看第二遍、第三遍，看过连载，又看每回本的小册子，还要看最后出版的单行本……在曼谷，当地的中文报纸都转载金庸的小说，并在报馆门口贴出昨日和今日所载的内容和大家一起分享，但到了小说的关键当口，有的报馆为了抢先，便不再坐等班机的到来，而是利用电台电报来报道香港当天连载的《射雕英雄传》的内容，以满足读者迫不及待的渴望。用电报拍发武侠小说的内容，这在报业史上也是破天荒之举。可见金庸作品受欢迎的程度。他的好朋友倪匡说："等到《射雕英雄传》一发表，更是惊天动地，在1958年，若有人看小说而不看《射雕英雄传》，简直就是笑话。"

　　文字竟有如此魔力吗？金庸创造了一个神话，他以自己的才气激发了文字的魅力。这是只有商业社会才会出现的奇迹。金庸身处这样的社会——"赚钱"与"谋生"才是人生第一要义，其他均为手段。写武侠亦是如此，因此不受限制，"兴之所至，随意发挥"，这反而触及了小说的实质，既不承担什么，也不需要宣传什么，偶然触及一些社会上的真善美或假丑恶，那也是"兴之所至，随意发挥"，还有一些内容在创作过程中未必是有意为之，但却处处流露出来，那就是他的爱国思乡之情、别离之苦、忧愁情绪，浸透在整部作品之中。比如开篇：钱塘浩浩江水，日日夜夜无穷无休地从临安牛家村边绕过，东流入海，江畔一排数十株乌桕树，叶子似火烧般正红，正是八月天时，村前村后的野草刚起始变黄，一抹斜阳映照之下更增添了几分萧索。再如结尾，郭靖又道："自来英雄而为当世敬仰，后人追慕必是为民造福、爱护百姓之人。以我之见，杀的人多，却未必算是英雄。"正是这些情感深深感染着读者，让他们爱不释手。

二、成长模式与主题

　　作为民族传统的小说文类，武侠小说在其发展过程中，早已形成了一套写作规范，形成了固定的模式。所以，好写也不好写，写好更不容易。武侠小说好写，是因为它有可资借鉴的写法和模式；不好写是因为它很难创新，容易落入模式的窠臼。传统武侠小说的模式有四种：第一种，复仇模式；第二种，夺宝模式；第三种，伏魔模式；第四种，情变模式。将它们再组合，就会衍生出更多模式，所以留给后来的作者创新的空间很小。到了现代，梁羽生开创了武侠小说新天地。梁羽生，1924 年出生于一个书香世家，广西蒙山县人，原名陈文统。大学毕业后在香港《大公报》工作，和金庸是同事。1954 年梁羽生开始武侠小说的创作，他的处女作是《龙虎斗京华》，1984 年他封笔时，共计发表了武侠小说 35 部，千万余字。受五四新文学的影响，梁羽生创造性地开创了民族斗争的形式。顾名思义，就是江湖武林参与了民族之间的斗争，反抗异族的入侵，他们不再纠缠于个人的恩怨之中，而是置国家民族存亡为侠义人生的第一要义，从而提升了侠客的人生境界，也使作品的境界变得宏阔和辽远，所以被称为"新派武侠小说开山祖师"。古龙（1938—1985）被称为武侠小说的怪才。台湾武侠小说的代表作家，原名熊耀华，处女作是《浣花洗剑录》。他对武侠小说的贡献是开创了古龙文体。他广泛吸收融合间谍小说、侦探小说、电影及日本宫本武藏"迎风一刀斩"的艺术,将侦探、破案、推理、电影分镜头、蒙太奇等元素融进小说创作,使他的武侠小说创作别开生面。这是他吸收西方当代通俗文学写作技巧的结果,丰富了传统武侠小说模式,但他的小说创作虽玲珑,然而往大处写却不容易。梁羽生和古龙是现代武侠小说的两大巨头,他们的文学实践为武侠小说的发展做出了贡献,但他们经常重复自己,缺乏继续革命的雄心与能力,雷同现象比较严重。真正的大家是不重复别人,也不重复自己,并且不断创新,金庸便是如此。

　　金庸小说在结构艺术上不断进步发展。他的前两部小说《书剑恩仇录》《碧血剑》虽然各有各的精彩,但不能说是上乘之作。它们只为金庸小说创作打下了基础,为金庸小说模式的建立积累了经验。《书剑恩仇录》讲了一个很好听的故事,但结构不严谨,缺乏主线,读起来略显杂乱,虽有许多漂亮的局部却没有漂亮的整体。《碧血剑》采用的复仇模式,类似于英国一部改编成中文名为《蝴蝶梦》的小说。结构处理不够好,让两个活人成了死者的导游,虽有创新却算不上杰作。金庸小说的转折和突破就是以《射雕英雄传》为标志。这是他的第三部小说,心高气傲的古龙也不得不承认:"武侠小说……金庸的《射雕英雄传》为一变。"这话说得不错。

《射雕英雄传》不仅是金庸自己创作道路上的转折，而且是武侠小说发展史上划时代的作品。他开创了新派武侠小说的模式——成长模式，即注重描写一个人的成长经历，将主人公的人生经历叙述作为结构故事的中心线索，凡与主人公有关的便写，无关的一律去掉，这种模式叫作成长模式，主要包括以下几个方面：1.命运。即由环境、人物、个性等蕴含的超乎人力的因素组成人物故事的基本依据，构成人物人生的基本层面。2.成长。是指主人公在特定的环境背景中自然生长的生命过程，是命运的具体展示，它又与命运不同，因为人生经历中包含了对命运的妥协与认同或是怀疑与挑战。3.成才。在具体的武侠小说中，成才便是指拥有卓绝的武功。所以成长的过程也必然包括学艺成才过程。4.成功。运用自己所学的武功实现了人生目的与价值，是武侠小说要求的故事完整性所必备的。作者创作的自由体现在上述四项安排及其相互关系的处理上。

成长模式对于小说的意义和它的作用：

1.作品结构具有完整性。一方面，主人公的人生故事已经确定，无论怎样都是围绕主人公的人生，不会离题，也不会丧失作品的统一性和完整性；另一方面，又可以在广阔的历史背景下叙述故事，让人物历遍艰辛，从江山庙堂到江湖山野都可以纵横驰骋。

2.作品内容具有丰富性。武侠小说就本质而言是人的文学，而不仅仅是狭义的文学。传统武侠小说注重侠客的侠义行为，侠义在某种程度上成为固定的理念，内涵的有限性也限制了侠的性格，但人的成长比侠义丰富、广阔得多，所以着笔描写侠客成长和人生故事的武侠小说，其内容就远远超过了着重描写侠义的武侠小说，因此，成长模式可以使小说内容更加丰富。

3.创作的灵活性。金庸小说成长模式看似是一种模式，却充满了灵活性。因为不同的人有不同的命运，有不同的成长经历，可谓千变万化，这就有了不同的主题、情节、性格。"射雕三部曲"故事相连，但其人物性格、故事情节、主题不同，而《天龙八部》《笑傲江湖》《鹿鼎记》之间更是天差地远。都是由于有效地运用了成长模式。

4.提升作品的艺术性。成长模式的基点与重点是写人生的经历，不同于以往复仇、夺宝、争霸、情变等模式的小说以叙事为侧重点。这使得武侠小说不仅仅是写"事"，而上升为写"人"，由原来注重讲述精彩事件，变为讲"人的成长历程"，由原来的"叙事"，转为探讨"人生""人性"，武侠小说由此上升到"人学"的境界，也因此有了更高的艺术品位。

5.诠释作品的主题。"西方传统小说向现代小说的转变,是以18世纪末期'成长小说'的出现为标志的。'成长小说'的词源是两个德语词：Bildungsroman 和 Erzlehungsroman,通常译为'主人公成长小说'或'教育小说'。'成长小说'始于歌德创作于18世纪末的《威廉·迈斯特的学习时代》,此后在西方现代文学中蔚然成林,如司各特的《威弗利》、狄更斯的《大卫·科波菲尔》等,都以主人公思想和性格的发展为主题,叙述主人公从幼年开始所经历的各种遭遇。主人公通常要经历一场精神上的危机,然后长大成人并认识到自己在人世间的位置和作用。"[1]郭靖"行侠"与"英雄史"的相互说明,正是《射雕英雄传》的题中之意。在"成长小说"中,"成长"并不是指主人公在生理意义上的长大,与主人公一起成长的还有历史本身。在这里,"个人"就是"历史","历史"就是"个人"。与此相应的是,我们在《射雕英雄传》这样的成长小说中看到的"行侠"与"英雄史",就是相互说明或相互印证的关系。郭靖命运和行侠道路与英雄和英雄史,在意义层面上作为象征不断置换,成为小说最为重要的叙事策略。换言之,伴随郭靖渐渐成长为大侠和英雄,一种新的大侠和英雄史也就随之确立。

三、独创的人生主线

《射雕英雄传》讲的是郭靖如何成长为武功人品当世第一人的故事。为了更好地完成这个故事的叙述，作者除了创新地使用了成长模式之外，还独具匠心地创造了人生主线，以此串起众多事件情节，这是金庸对武侠小说结构创新性的贡献。

《射雕英雄传》的故事背景是靖康之乱，所以，丘处机给两个义兄——郭啸天、杨铁心未出世的孩子起名为郭靖、杨康，希望下一代人不要忘记公元1127年，金兵攻破北宋的都城开封，俘虏宋徽宗和宋钦宗二帝的"靖康之耻"。这一命名也就奠定了作品的主题——民族主义和爱国主义。谁料这两个尚未出世的孩子后来的命运与人生道路如此不同，一个出生在蒙古大草原，一个出生在金都王府。这一安排使小说叙述空间远远超出了江南临安牛家村，也使得二人自然而然地牵连起一个巨大的空间：宋、金、蒙三国的矛盾冲突与斗争，二人具有了不同的生存环境与人生命运。更为主要的是使文本在历史演绎（宋、金、蒙的历史）、江湖传奇（丘处机与江南七怪相约，各自去找郭啸天、杨铁心的妻子与孩子，并将他们调教成人之后再比武）之外，成功地创建了第三维"人生故事"（郭靖、杨康的人生之路）。这种三维空间的建立，使《射雕英雄传》视野极为开阔，也更具有文学品位和艺术价值，变得真正地与众不同。而串起这三维空间的就是人生主线。所谓人生主线，就是以人物成长经历为主要线索结构作品。《射雕英雄传》就是以郭靖和杨康的成长为线索结构作品的，并以郭靖为主线，杨康为副线，主副线形成鲜明对比，深刻完成作品主题的诠释与人物形象的刻画和塑造。同时，人生主线也使人物的性格成为推动故事情节发展的驱动力。比如小说开篇，如果不是郭啸天和杨铁心不甘做金人的奴隶，就不会来江南的牛家村，如果不是丘处机嫉恶如仇，他就不会杀王道乾这个奸人，他就不会被追查而跑到牛家村，也就不会结识梁山泊后代郭啸天和杨铁心，也就不会有三人的结义，也就不会引来郭啸天和杨铁心两家的灾难，也就不会有追杀段天德，也就不会与急于救人的江南七怪发生冲突，当然也就不会有后面的打赌一说；而没有打赌一说，也就没有了郭靖与杨康的武功以及他们十八年后的比武……也就没有了这部书后面的故事。再比如，比武招亲情节，就性格而言，郭靖不会上场去参加这个比武招亲，但是他也不会放过"完颜康"比武又不招亲的背信轻薄的行为，他要打这个抱不平。这一打抱不平连通了本书情节发展又一个重大关键——"完颜康"，亦即"杨康"，而"杨康"正是他此次来中原母亲嘱托他要找的杨铁心的子嗣，也是要与他比武之人。所有这一切看似命中注定，却都是人物性格使然。总之，书中故事情节，无不紧紧扣住人物的性格，而性格是由人生主线来展现的，所以故事情节虽传奇跌宕，却又真实可信，耐人寻味。

郭靖的人生包括他的出生、学武、为父报仇、和黄蓉的恋爱等等。比较而言，靖蓉之恋是金庸为郭靖人生设计的精彩华章，也是整部作品的精彩篇章，具有不可忽视的价值与意义。

首先，有利于揭示郭靖的成长历程。在张家界化装成脏兮兮小乞丐的黄蓉，第一次与郭靖相见，就充分展现了黄蓉的刁钻古怪，郭靖的宅心仁厚。郭靖对眼前这个脏兮兮的"小乞丐"，非但没有嫌弃，反倒加倍呵护，不仅一再由着他性子乱点佳肴，而且赠以裘皮外衣，甚至自己的汗血宝马，只要能保护这个"小乞丐"，他都毫不犹豫予以相赠。正是郭靖的种种行为打动了"小乞丐"，使她第二天以真面目与郭靖相见，成了郭靖中原之行的爱侣和导游。郭靖能成为武林高手，实在是离不开这个"导游"甚至"导师"，某种程度上，她是郭靖的引路人。一是摆脱黄河四鬼的追踪；二是让郭靖离开六位师父，彻底切断与师父间的"脐带"，自由独立地行走江湖；三是用自己的厨艺给郭靖找了旷世名师洪七公；四是没有黄蓉，郭靖怎么能到桃花岛？怎么可能遇见周伯通？怎么能学得九阴真经？学不到九阴真经，怎么能打败欧阳克获得黄药师的同意；五是若无黄蓉，即使他找到了《武穆遗书》也不会用；六是最后的"华山论剑"，若非黄蓉出谋划策，郭靖怎能有机会和胆量与黄药师、洪七公两大绝世高手较量，并且坚持了三百回合，从而完成他的未来第一人的隆重命名式的典礼。

其次，有利于丰富人物性格的文化内涵。中原故土的历史文化、名胜古迹、诗词曲赋、典章文物、风流事件与人物等，郭靖原本一窍不通，与黄蓉朝夕相处，久而久之耳濡目染，中原的价值观念，包括儒家经典、道德原则等也了然于胸。不然郭靖从何知道孔子的"国有道，不变塞焉，强者矫；国无道，至死不变，强者矫"，以及范仲淹的"先天下之忧而忧，后天下之乐而乐"。没有黄蓉的引导，郭靖就不能脱胎换骨，他的人格精神也就不能真正形成。也就是说，自从郭靖从大漠南下，在张家口与黄蓉相遇时起，黄蓉充当了郭靖的"文化导师"。二人的关系也成为小说情节发展的重要推动力。

再次，有利于丰富故事情节。"靖蓉"一路同行不仅是郭靖人生的经历，也是书中最动人的篇章，更构成这部小说的重要情节。瀑布戏水，让人欣喜；太湖泛舟，使人心驰；巧拜名师，让人心折；大海遇难，让人心悬；烟雨楼前，令人辛苦；大漠鏖兵，让人心醉；不见伊人，令人欣赏。小说中动人的情节远不止这些，他们的相恋虽然一见倾心，但也波澜起伏，历经考验。杨铁心临终时将穆念慈许配给郭靖，虽然对黄蓉没有造成多大威胁，但郭靖成为金刀驸马却险些断送了两人情缘；黄药师看不上郭靖，也带来了一次次的虚惊；江南七怪惨死在桃花岛，足以使两人欲成仇敌；欧阳父子的求婚，郭靖为撒麻尔罕城百姓性命，而来向成吉思汗辞婚，则让黄蓉误会重重，无以谅解……所有这一切，成了小说扣人心弦的故事，也刻画了两人的性格。郭靖愚笨老实，纯朴厚道，不知变通，豪迈大气；黄蓉聪明伶俐，刁钻古怪，博闻广记，灵活俏皮。总之，正是二人的如此性格，使他们的相恋能够经受住人为或命运的考验，总能化险为夷，情感不断加深，最后夫妻携手襄阳，成了一代为国为民的大侠与英雄。

四、人物的刻画与塑造

《射雕英雄传》发表所引起的轰动，除了作品内容丰富、情节多变带来的精彩外，也与血肉丰满的人物形象及其承载的英雄观、教育观等思想密不可分。

1. 为国为民侠之大者郭靖

《射雕英雄传》讲述的是郭靖如何成为武功人品当世第一人的故事。充满了传奇色彩，但细想却又合情合理，真实可信，足以表明金庸不愧是大侠大家。郭靖的人物成长史大致分为两个阶段——蒙古和中原。

蒙古阶段。郭靖的名字是丘处机所起，寄托着长辈的厚望，不忘灭国之耻，光复民族之兴。所以，他的成长注定了与国家、民族紧密结合在一起。因为国破家亡，母亲又被段天德挟持到处逃亡，不但出生在苦寒之地，且先天语言迟钝。也就是说，郭靖一出生就身负国仇家恨，这是他的命运，也是郭靖人生故事的基本层面。接下来郭靖的成长，实际上是对命运的挑战。这一阶段，与之相关的人物有母亲、哲别、成吉思汗、江南七怪、马钰等。李萍是他母亲，也是启蒙老师。如同大多数旧社会的母亲一样，文化程度不高，脑海中却深深地镌刻着先贤们一贯倡导颂扬的那种高尚的伟大人格，积极的入世精神，高度的责任心，百折不挠的坚忍的意志，为崇高目标而不惜牺牲的献身精神，以及天下兴亡，匹夫有责，先天下之忧而忧，后天下之乐而乐等……正是这些伟大的母亲为中华民族培育了一个又一个优秀子孙，郭靖也不例外。更何况他的母亲是梁山泊郭胜后裔郭啸天之妻，她给郭靖何种教育可想而知。这在郭靖一出场搭救他所敬佩的哲别就已经显露出来了，6岁的小郭靖已经力所能及地担起家庭负担，骑着小马去放牧。突然间前面传来一阵隐隐的轰隆之声，轰隆之声并夹着阵阵人喧马嘶，小郭靖心里害怕，忙牵着小马小羊躲进灌木丛里偷看。只见远处尘土蔽天，无数骏马奔驰而至，原来是铁木真，也就是后来的成吉思汗与泰亦赤兀部大战。黑袍将军神勇出众，箭无虚发，以一当十，引起了郭靖的注意与敬重。第二天，当受伤的黑袍将军向小郭靖求救时，他毫不犹豫地给了黑袍将军和他的坐骑水与食物，当黑袍将军退下一只粗大的金镯子作为报偿给小郭靖时，他说："妈妈说的，应当接待客人，不可要客人东西。"待黑袍将军藏好后，他又把将军的坐骑赶跑。当追赶黑袍将军的术赤向他询问"见到一个骑黑马的汉子"时，郭靖张大了嘴不回答，心中打定主意："我只是不说。"术赤接二连三的鞭打，没能使他屈服，反倒激起了他的愤怒反抗。拼出6岁孩子所有的力气、勇气与之搏斗。先是据理力争，之后伸手去抓鞭子，再之后拼死抱住术赤大腿，呼出自己的牧羊犬斗术赤的六头巨獒。这一系列的行为将母亲给予他的教育展现得淋漓尽致。救黑袍将军谓之仁；不接受金镯子谓之义；不说谎，打定主意"我只是不说"谓之信；受鞭打后奋起相斗谓之勇。郭靖的这些品质感动了哲别，将他收为徒弟，使他日后练就了一箭双雕的神技；感动了成吉思汗，把他收到帐下成为拖雷的好朋友，华筝的金刀驸马。

郭靖的上述品性使他注定成为一名名扬天下的大英雄，但仅有品格还不够，还需有与之相应的能力。这能力的获取极为艰难，充满了坎坷与传奇。10年过去了，16岁的郭靖已经是粗壮的少年，但武艺却没有什么长进。一方面是由于郭靖的天资不高，另一方面也由于江南七怪传授武功方法不当。不过江南七怪身上那种疾恶如仇，一诺千金，对朋友义气，对敌勇敢，扶危济困的侠客气概，对郭靖英雄人格的形成却起到了潜移默化的作用，是对郭靖原有的真、义、勇、信的品行进一步的淬火成钢。之后，全真教的掌门人马钰与之玩起了攀爬石崖，露夜卧睡石头的游戏，实际是通过这种游戏的方法，把上乘的内功传给了郭靖，郭靖的武功由此有了明显的提高。江南七怪与马钰教给他的武艺，让郭靖在成吉思汗的征战中立下了赫赫战功，成了金刀驸马，也使他的人生有了转折，离开大漠回中原报仇，再回来完婚。

遇到黄蓉，是他武侠人生真正的开始。首先，黄蓉为他请到了洪七公教他"降龙十八掌"。这一功夫的特点是简单易学难精，需要坚韧超拔的毅力。郭靖聪明不足，但毅力有加，在洪七公的调教下，亦非当年大漠中的郭靖。之后，机缘巧遇东邪、西毒、一灯大师、老顽童、裘千仞等当世武功绝顶高手，又与周伯通玩中学会"九阴真经"。郭靖已渐渐地从被动接受到主动学习，或观摩，或实践，不仅学习套路，也在研究武学的方法及思路。金庸就是这样丝丝入扣地写出了郭靖的成长历程。此外，还浓墨重彩地写了郭靖坚韧不拔的意志，勤奋刻苦的品质，讲原则重义气的性格特征，尤其是"义"——朋友之义、恋人之义、师徒之义，尤其民族国家之大义成为郭靖的生命支柱，这也是他成为"为国为民"的大侠，成为誓死抗击蒙古入侵的英雄的根本原因。

郭靖这一形象的意义可从下面的文字中找到，小说结尾郭靖与成吉思汗有一段对话：

"靖儿，我所建大国，历代莫可比。自国土中心，达于诸方极边之地，东南西北，乘马奔驰，皆需一年行程。你说古今英雄，有谁及得上我。"郭靖："大汗武功之盛，古来无人能及。只大汗一人威风赫赫，天下却积了多少白骨，流了多少孤儿寡妇之泪……"又道："自来英雄而为当世敬仰，后人追慕，必是为民造福，爱护百姓之人。以我之见，杀的人多，却未必算是英雄。"成吉思汗朗声道："我一生纵横天下，灭国无数，以你说竟不算英雄？……"当晚成吉思汗崩于金帐之中，临死之际，口里喃喃念着："英雄，英雄……"想是心中一直琢磨着郭靖的那番话。[2]

这一段对话，实际是对英雄及英雄史的品评。即什么样的人才算得上真正的英雄？什么样的事才能称得上真正的英雄大业？什么样的历史才算得上真正的英雄史？这是作者的点睛之笔。作者借郭靖之口来表述，一切建立在百姓之苦、流血甚至性命上的功业都不是英雄大业，这样的人哪怕如眼前纵横天下、灭国无数的成吉思汗也未必算是英雄。真英雄必须是为民造福，爱护百姓之人。《射雕英雄传》"一箭双雕"，既写了成吉思汗，也写了郭靖，两相对照完成了英雄与英雄史主题的诠释。

郭靖的形象也蕴含了金庸的教育观，是通过郭靖学武的经历表现的。人的成才，智商是前提，情商更重要，好的教育培养人才，反之轻则毁人前程，重则毁掉其性命。杨康比郭靖聪明，但却贪图富贵，再加上所学的"九阴真经"与阴邪的武功，把好端端的少年引向了歧途乃至毙命。梅超风与其师兄的恋爱，如果不是黄老邪，而是一个循循善诱开明的老师，也不会让他们二人走上反叛师门的绝路。如果郭靖一生仅有江南七怪这样的老师，他的情商再高也无法登上武功第一人的境界，是马钰无功利游戏的教学，使他彻底摆脱为比武而苦不堪言的习武境遇，学会了上乘武功，为后来奠定了坚实的基础。而洪七公的因材施教及其对六位高手观摩，使郭靖渐入佳境。而他的真、义、勇、信的品德，又使他那看似平常的"降龙十八掌"在抗击蒙古大军入侵之际，发挥了巨大的威力，终于成为武功和人品当世第一人。

2. 邪中有正的黄药师

黄药师，乾坤五绝之一，也是最具人文内涵的人物。最初给人的印象是聪明绝顶，琴棋书画、医卜星象、算数韬略、奇门五行样样在行，有些甚至精通，他的女儿学了他的一点皮毛，已敢行走天下，让人惊为天人。他居住的桃花岛，各种机关的设置更是让人头昏眼花，简直是天下第一奇才。可是，一个有趣的问题来了：聪明的黄药师为何没有成为天下第一中神通呢？这就涉及他的第二个性格特征，骄傲自大，目空一切，乃至因为文化资源缺乏而导致智慧发展的局限，故难以成为中神通。证据一，黄药师行走江湖总是戴上面具，不以真面目示人。证据二，江南七怪被杨康与西毒害死在桃花岛，黄药师明知道是误会，甚至黄蓉赶到现场，求父亲解释，他仍然不向傻小子郭靖做出任何说明，他还说不妨将此血债算在他的头上，宁肯接受郭靖和全真七子的挑战。证据三，补写"九阴真经"，这是他骄傲自大、目空一切、自信过度的又一证明。黄药师为何不能补全"九阴真经"呢？很简单，他缺乏必要的信息资源。当年的黄裳创造"九阴真经"，是将天下道藏精读、精校、精研多遍，黄药师未必有这样的条件与功夫，即便是有这样的充足材料，以其"老邪"的性格又怎可接受认同上述的典籍。他的"乞丐何曾有二妻，邻家焉得许只鸡，当时尚有周天子，何事纷纷说魏齐"已昭然可见他对儒家的人物及经典的否定拒绝态度。他非汤武，薄周孔，对圣贤传下来的言语，挖空了心思加以嘲讽驳斥。甚至还作了不少诗词歌赋，用以讽刺，"老邪"外号，显然与此有关。对经典圣人都要嘲讽挖苦，怎可能放下身段虚心研究道藏，以补齐"九阴真经"呢？

黄药师的第三个性格特点便是孤僻、固执、偏激。其他人都有徒子徒孙，只有他一人偏居桃花岛，孤家寡人的世界；设计骗了老顽童的"九阴真经"反而责怪老顽童及其所带来的"九阴真经"害死了他的夫人，把老顽童的腿打断，在桃花岛关押了 15 年。他的女儿找老顽童玩耍，他发火生气，以致黄蓉小小年纪离家出走；造了"自杀船"却不说明真相，差点害死了郭靖、洪七公、老顽童；受了灵智的欺骗，以为自己的女儿已经死了，于是又哭又笑，又吟诗又唱曲满腔悲愤，指天骂地，骂鬼斥神，痛责命运对他不公，之后又迁怒于江南七怪。以上种种，无不证明黄药师性格的邪门怪僻、唯我独尊、蛮横霸道、不讲道理、骄傲自满、固执偏激。从不反省检讨自己，只会胡乱迁怒于他人。如是，我们看到黄药师是一个聪明的人，但绝非是一个智者。他琴棋书画、医卜星象、奇门五行样样精通，但缺乏识人，尤其是"认识自己"的智慧，反过来成了他才智的局限，故无以成天下第一人。

黄药师非但不是大智之人，而且内心极为脆弱，精神不够强大。妻子为了补写"九阴真经"累死，他心有愧疚，若不是黄蓉，他很可能随妻子而去，但他也没有放弃自杀的念头，造了"自杀船"。所以，夫人死后的漫漫余生，对于他是一种无谓的消耗，成了外强中干、行尸走肉一般的孤魂野鬼。再者，他不同意郭靖和黄蓉恋爱婚姻，除了我们看到的郭靖的现实因素外，主要还是怕女儿嫁走之后，他自己精神上无依无靠。

综上所述，黄药师是一个聪明绝顶、骄傲自大、目空一切、固执偏激、内心脆弱非大智慧的人。

3. 人间精灵黄蓉

半似天界仙女，又半似地界妖邪，聪明无比，顽皮无双的人间精灵。她的形象光彩照人，笼罩了郭靖，也笼罩了《射雕英雄传》的全书。

聪明伶俐是她的最大特征。刚一出场时，这个小姑娘就不费吹灰之力把武功不弱的黄河四鬼高高地吊在树上，也让黄河四鬼的师叔侯通海真的无可奈何，后又在高手如林的王府从容脱身，可见她绝非一般人物。更加不凡的是，黄蓉不断发现郭靖的崇高品质，还发掘和培育了他的智慧品质，终于使郭靖脱胎换骨，成为一代大侠。

黄蓉的聪明，是骨子里流淌出来，不是绞尽脑汁想出来的。她制造的无数奇迹，都是顺手拈来。比如，在蛛丝马迹中，准确地判断出那位喜欢吃鸡屁股的老乞丐就是当世高人洪七公，并转瞬之际设计美味陷阱，将这位武学宗师牢牢套住，让他心甘情愿地为她效劳，把自己的独门武功"降龙十八掌"绝技，传给他憨憨的靖哥哥。甚至片刻之间，一套复杂多变让人眼花缭乱的"逍遥游"武功，也能学得有模有样，这在郭靖那儿想想都会头疼，在黄蓉这里却是小菜一碟；寻找前辈民族英雄岳飞的《武穆遗书》，受伤之后找瑛姑问路，使那个神算子自愧弗如；向"渔、樵、耕、读"借道，又设计谋又吟诗又对对子又猜谜，都是她演奏的"华彩乐章"，对于黄蓉而言，也都是顺理成章之事；智设"押鬼岛"杰作，铁枪庙中巧诱傻姑揭穿杨康的真面目；与天下第一大魔头欧阳锋长久周旋毫发无损，而且乱解"九阴真经"，并在山顶上追问"你是谁"，终于使得这位不可一世的武学宗师疯癫疯狂，黄药师与洪七公的武功打败不了西毒欧阳锋，能将其打败的只有黄蓉一人；黄蓉聪明伶俐的例子，实在是举不胜举，关键是她的聪明伶俐巧计百出并非是处心积虑，而是随机应变顺乎自然，她的这种才质堪称精灵和神品。

顽皮古怪，娇纵任性，我行我素，自我中心，仙灵气息中带有几分妖邪之气，这一性格特征与家教有关。扮成乞丐出走，是因为受了父亲的委屈，让父亲对自己回心转意或让父亲伤心失意。再见面时喜出望外，但父亲看不上自己的靖哥哥，又一次投向湖水之中，作为警告与威胁。回到桃花岛，得知郭靖生命有危险，便毫不犹豫故伎重演，又一次扬帆出海。一代宗师黄老邪对她毫无办法，其他人又能如何呢？只能是吃不了兜着走。江南七怪不许郭靖与她往来，韩宝驹骂她小妖女，朱聪说她是大魔头，她当面回击。说朱聪是肮脏的秀才，说韩宝驹是难看的胖子，并现场编出"矮冬瓜，滚皮球，踢一脚，溜三溜；踢两脚……"什么郭靖的师父，什么师道尊严，她才不管呢。还有对热心给郭靖找女朋友的丘处机，她耿耿于怀，让郭靖给丘处机找一个又丑又老的女人做老婆，虽说后来没成，但可见其对丘处机的芥蒂。还有对待穆念慈，先是威逼其发誓不嫁郭靖，后又设计将她推向杨康怀中，彻底消除了"隐患"。至于对付欧阳克，黄蓉略施小计，就使他险些淹死在先，压死在后。如果不是欧阳锋及时赶到，他的侄儿必死无疑。

以上种种，或因有动机而无行为，或因有行为而无恶果，或因对方的人品不端，咎由自取，并未使黄蓉的形象受到任何损失，反而进一步突出了顽皮古怪，娇纵任性，我行我素，自我中心，仙灵气息中带有几分妖邪之气的性格特征。值得注意的是《神雕侠侣》中的黄蓉就不那么可爱了。主要是因为她戴上了有色眼镜对待杨过、她对郭芙的娇惯纵容、对杨过小龙女恋爱的干涉使她从天界仙女回归到平常凡俗。不过，最后她能和郭靖一起坚守襄阳，壮烈牺牲，仍然让人肃然起敬。

4. 百岁成人的老顽童周伯通

百岁成人的周伯通仍是跨《射雕英雄传》《神雕侠侣》的人物，在他身上具有好玩的一面，也有其不好玩的一面。好玩是说他幽默有趣，带给读者以欢乐，这是他性格的核心，所以，有他出场的情节就充满了谐谑。周伯通他爱玩、能玩、会玩，无论是与同龄人还是晚辈，他都要玩上一玩，且希望晚辈称他为兄弟，不喜欢称之为周老前辈，否则就大哭大闹，觉得对方瞧不起他或觉得他太老了。如果称他老顽童，他则甚是欣喜愉悦。有人的时候和别人玩，无人的时候和自己玩，花样翻出，居然玩出了双手互搏术。老顽童在玩的时候非常认真投入，一定要分出高低，尤其是遇到与自己武功相当的人肯定不会放过，包括在桃花岛。其实他的腿早就好了，是自己愿意待在黄药师给他设的囚笼里，不为别的，只为有老邪陪他玩，虽然这种玩有些其他成分在里面。老顽童之所以爱玩、会玩，是因为他把练武当成了目的而不是手段，所以他才能够达到别人无法企及的境界与成就。孔子曰：知之不如好之，好之不如乐之。对老顽童来说，他是打心眼儿里喜欢学武练功，这是他人生最大乐趣，为此他乐此不疲，无意之中达到了别人苦苦修炼而不得的境界。只有他才能想出双手互搏的游戏，只有他才能理解空明拳的真谛。周伯通的好玩是因为他心性淳厚善良，不计较荣辱得失，更无报仇雪恨之心，心地空明的老顽童，能够真正地超然物外，不为任何名缰利锁所缚，所以才能够获得真自由，体验真人生。最典型的例子就是对待黄老邪，没有半点报复之心与邪念，完全

金庸小说阅读与赏析

是当成了一场游戏，坚守自己的游戏规则，凭着自己的本事走出了黄老邪给他设的"囚笼"。西毒处心积虑逼他跳进大海，他也只当一场生死豪赌，反而获得了骑鲨鱼遨游大海之乐，再遇西毒时，不但没有报复他，甚至担心西毒跳海也会有骑鲨鱼遨游大海之乐。不好玩是因为他没有责任心，最典型的例子就是他对瑛姑的所为。当年因为好玩，认识了南帝的妃子瑛姑，两个人在练武的时候相爱，瑛姑怀孕。但他并未承担责任，而是选择了逃跑。这一举动令对他一往情深的瑛姑伤心欲绝，无地自容，也令对他仁至义尽的南帝心灰意冷，退位出家。从此天不怕地不怕的周伯通，就怕瑛姑更怕南帝。"一张机，鸳鸯织就欲双飞"是当年瑛姑唱给她的情歌，只要他后来听到这首歌就会魄散魂飞。此后的几十年，他始终逃避成为她的丈夫，逃避成长，逃避责任。在这个意义上老顽童不好玩，而且很可怜，甚至可悲了。《神雕侠侣》中周伯通练了黯然销魂掌之后，百岁顽童承认了，下决心去面对半个世纪以来一直逃避的情人，与瑛姑成家并与一灯大师成为邻里。《神雕侠侣》中老顽童因其空明淳厚心性和绝世武功成为乾坤五绝的中神通。

5. 独特的奇人群像

金庸在《射雕英雄传》中为我们奉献了充满传奇、个性鲜明的奇人群像，仍然让人难以忘却，这是金庸对中国文学史的又一贡献。江南七怪纯属虚构人物，奇妙的武侠人物群体，早已成为一种公认的典型，每个人物的个性都是和他的职业密切相关。飞天蝙蝠柯镇恶，他的性格特点是疾恶如仇，性情偏激；妙手书生朱聪，则是妙手空空，又滑稽风趣；马王神韩宝驹，则是性烈如火，暴躁霹雳；南山樵子南希仁，则是惜言如金，且言必有中，印象深刻。闹市侠隐全金发，越女剑韩小莹，笑弥陀张阿生他们也都是个性鲜明。第二组全真七子，这是金庸利用历史人物江湖化手法塑造的又一成功的群体形象。尤其是丘处机，他侠义勇敢，豪迈冲动，自尊自负，性格十分鲜明，和他的大师兄胸怀宽广、恬淡有道的丹阳子马钰恰恰相反，二人都给读者留下了十分深刻的印象。乾坤五绝是金庸最富有创造力、想象力的群体人物形象。五绝的形象既是高度类型化又是个性化，是二者完美统一的人物群体。五绝当中东邪、西毒突出他们的性格类型的特征，南帝、北丐则突出人物的身份地位和职业。中神通王重阳则与前几位实写不同，采用虚写为主，虚虚实实，虚实相生。黄药师邪中有正，不把儒家礼教放在眼里，甚至祸及旁人，有时还滥杀无辜，是其邪的表现；至情至性，敬仰忠义，心存高洁，却又如正人君子。西毒欧阳锋，毒而有信，以毒为荣，足可以让今日公然欺名盗世、大搞自欺欺人者汗颜。南帝，尊中有卑。瑛姑与周伯通之恋情，让身为帝王的他颜面受损，由此出家变成一灯大师，不顾自己的子民，显出他人性卑微之瑕疵。北丐洪七公卑中有尊。贪嘴好吃，为此自残一指，但食不厌精的欲望依然故我。还有老顽童，前文已有分析，在此不做赘述。

五、武功的价值与意义

金庸在《射雕英雄传》中为读者奉献了眼花缭乱、应接不暇、耐人寻味的一个个武功，它们成为人物性格的隐喻，蕴含着作品的主题，传递着文化的信息。

1. 武功与性格

金庸为不同性格的人设计不同的武功，武功成为人物性格的写照，这一点在《书剑恩仇录》中已露端倪。百花错拳、三分剑术分别是袁士霄与陈家洛、关明梅与霍青桐他们两对师徒的命运、情感的写照，到了《射雕英雄传》中这种手法运用得更加纯熟老辣，每每让人大开眼界。

降龙十八掌看似简单，实际威力极大，是天下至阳至刚的功夫，也正是简练朴实、厚道、正大、坚毅、阳刚、豪迈的象征，这一套功夫当然是为郭靖而设。除了郭靖之外，洪七公也会降龙十八掌，但同时他还会逍遥游打狗棒，这说明洪七公作为武学宗师的渊博，同时又说明他的性格绝非黄蓉那样激烈，郭靖那样简单，他糊涂其表，精明其里，洒脱其外，睿智其中，既想逍遥又想降龙，所以降龙十八掌并非是他的武功。东邪黄药师，碧海潮生，曲落英神，剑掌旋风扫叶腿，最厉害的还是弹指神功，把一种暗中伤人功夫练得呼啸有声，可见其博学多才，潇洒出群，我行我素。欧阳锋的蛤蟆功，又丑又毒，逆练九阴真经的欧阳锋，也榜上有名。还有陈玄风、梅超风把上乘武功竟练成了恶毒邪门的摧心掌和九阴白骨爪。这种练法，足见他们内心的残忍与邪恶，但真正使用九阴白骨爪并给读者留下深刻印象的却是杨康。他明明是玄门弟子，但梅超风教他的九阴白骨爪却是他练得最勤、用心最深也最喜欢的。只能说什么本性的人就喜欢什么样的武功，什么样的人用什么样的功夫。双手互搏术、空明拳只属于爱玩而又心地澄明的周伯通，否则何以成为老顽童呢？打狗棒最后一招最后一变的绝技，即使在《孙子兵法》上也没讲过，金庸于中国武侠小说的创新莫过于此。

2.武功与主题

郭靖、周伯通、梅超风学武练武均蕴涵现代教育与学习理念。

郭靖的学武可分为四个阶段：江南七怪阶段、马钰阶段、洪七公阶段、老顽童等大师比武观摩阶段，它所蕴含的道理一是无论做什么事情，包括学习在内都应该是出自主观的强烈需求而非客观逼迫，方能有所成就；二是游戏的教学方法，可以活跃人的脑细胞，激发人的聪明才智，才能让人的智商得到极大发挥，而填鸭式的教学方法，不但让人苦不堪言，也让人的智商降为零，甚至是负数；三是拥有常人难以企及的毅力，刻苦用功的品质。周伯通的知之不如好之、好之不如乐之，说明爱好是最好的导师。梅超风的悲剧则警示每一位教师，开明与爱心对学生的一生有多么重要。

3. 华山论剑的寓意

华山论剑贯穿《射雕英雄传》与《神雕侠侣》两部作品。第一次，在华山顶上斗了七天七夜争夺九阴真经，最终王重阳获胜，确定了东邪、西毒、南帝、北丐、中神通乾坤五绝。第二次，刚过三十岁的郭靖，接黄药师、洪七公两人三百招而不败，两人遂默认郭靖为天下第一。欧阳锋虽然武功卓绝，黄药师和洪七公都难以胜他，可他因逆练九阴真经，全身经脉逆转而致疯癫，段智兴因为出家没有参加本次论剑。第三次，是在《神雕侠侣》之中。当年的五绝仅存两人，不禁感叹世间人才凋零，重新修订五绝。东邪依旧是黄药师；西毒去世，故改为西狂杨过；南帝依然是一灯大师段智兴；北丐因去世，故改为北侠郭靖；中神通则是周伯通。华山论剑高手过招，公开较量，正大光明，引申为公开比试。由此华山论剑，也是品评英雄，重写英雄史的寓意。丘处机与郭靖一道来到华山之际，书中这样写道：

黄药师行为怪癖，虽然出自愤世嫉俗，心中实有难言之痛，但自行其是，从来不为旁人着想，我所不取。欧阳锋作恶多端，那是不必说了。段王爷慈和宽厚，若是君临一方，原可造福百姓，可是他为了一己小小恩怨，就此遁世隐居，亦算不得大仁大勇之人。只有洪七公洪帮主，行侠仗义，扶危救困，我对他佩服得五体投地。上次华山论剑差不多已过二十五年，今日即令有人在武功上胜过洪帮主，可天下豪杰之士，必奉洪帮主为当今武林中第一人。[3]

丘处机讲得很是精彩，所以二次华山论剑，武功欧阳锋第一，但心胸却不为武林认同。郭靖之所以成为武功人品第一人，就是因为他受人尊敬爱戴，和王重阳一样扛起了抗蒙入侵大旗，前后呼应对照。所以，郭靖俨然成为继周伯通之后的中神通。华山论剑，由此揭示了作品的主题——品评历史，也就是只有像王重阳和郭靖这样为国为民，方可为侠之大者，为英雄的事迹，为英雄的历史。

注释

[1] 李杨.50—70年代中国文学经典再解读[M].济南：山东教育出版社，2003：36.

[2] 金庸.《射雕英雄传》[M].广州：广州出版社，2008：1336.

[3] 金庸.《射雕英雄传》[M].广州：广州出版社，2008：1283—1284.

第三章　《射雕英雄传》的阅读与赏析

第四章 《神雕侠侣》的阅读与赏析

一、作品的创作动机与主题

《神雕侠侣》共四十回，写于 1959 年，发表在《明报》的创刊号上。最初以报纸连载的形式与广大读者见面，后结集出版单行本。《神雕侠侣》连载历时两年多，讲述的是流浪儿杨过的生活和情感曲折多变的故事，以杨过的成长和情爱为线索结构全篇。

1959 年金庸的《明报》创刊，如何让《明报》在报业林立的香港站稳脚跟并取得发展，这对金庸和他的《明报》来说都是巨大的生存挑战。在《明报》上发表他的武侠小说，以此促进《明报》的发行量，这是金庸在第一时间想到的可行方法。其一，在此之前，金庸已经发表了《书剑恩仇录》《碧血剑》《雪山飞狐》《射雕英雄传》等武侠小说，拥有大量的读者。尤其是《射雕英雄传》的发表不但获得了巨大成功，让金庸的名气如日中天，光芒四射，稳坐新派武侠小说的第一把交椅，诞生了大量的"射雕迷"。这众多读者促使他想到"在《明报》上发表武侠小说，以此促进《明报》的发行量"是最直接最有效的办法，事实也是如此。《明报》创刊时仅四版，"二、三版是重头戏，刊登金庸的武侠小说连载和其他小说"[1]。所以，《神雕侠侣》肩负着《明报》生死存亡的使命。其二，以通俗小说招徕读者，将一份报纸维持下去并发扬光大在中国报业史上也有成功案例。张恨水的《春明外史》连载于《世界晚报》达五年之久，《金粉世家》连载于《世界日报》达五年之久，可见《春明外史》和《金粉世家》对促进上述两份报纸的发行功不可没。由此可见，《神雕侠侣》的创作是出于商业动机，商业的目的性、功利性大于文学性、审美性。

将自己的读者吸引到《明报》上来仅仅是第一步，第二步就是牢牢地抓住他们，不让他们流失，这就需要匠心独运了。金庸由此想到写"续书"，与前一部作品有一定联系但又相对独立的"续书"。所以，《神雕侠侣》与《射雕英雄传》在作品的名字上都有一个"雕"字。这并非金庸江郎才尽，而是其有意为之。他就是想写一部《射雕英雄传》的续书，让那些读者激动不已的人物再度出现，以满足读者的渴望，从而把《射雕英雄传》的读者不仅吸引到《明报》上来，还要牢牢抓住，于是"射雕三部曲"诞生了。作为续书，《神雕侠侣》仅仅依靠书名上有"雕"字与《射雕英雄传》相连是不够的，关键还是创新和超越。书写不一样的故事，塑造不一样人物，言说不一样的认识与思想方能牢牢地抓住读者，否则会因阅读疲劳而导致读者流失，毕竟《射雕英雄传》已经读了两年多。金庸不会重复别人，更不重复自己，事实也是如此。《神雕侠侣》是对《射雕英雄传》的成功超越。如果说《射雕英雄传》是"史诗"，是对真正的英雄和英雄事业的品评，那么《神雕侠侣》则是"情词"，是对爱情的言说。通过绝情谷、断肠草、情花等一系列隐喻与象征，完成了对爱情是什么的本体追问。重点讲述的是以杨过为核心的几对男女的爱情故事。有了这一根本性改变，《神雕侠侣》才实现了艺术上的创新与突破，带给读者既熟悉亲切，又陌生新鲜的阅读感受。《神雕侠侣》可谓情的大餐，爱的盛宴，包揽人间的爱与怨。主要表现在爱情模式与类型的描写上。就爱情模式来说有单恋暗恋的，如尹志平、陆无双、程英、完颜萍、公孙绿萼、郭襄；有二人恋，如郭靖和黄蓉、杨过和小龙女；也有三角恋，如公孙止、裘千尺和柔儿，李莫愁、陆展元及何沅君，武三通、武娘子与何沅君，一灯大师、瑛姑与老顽童；多角恋主要是杨过与程英、陆无双、公孙绿萼、郭襄、完颜萍；郭芙、耶律齐与武氏兄弟等。就爱情类型来说，有欢情有悲情，有凄情有惨情。不同模式和类型的爱情在吸引着读者的同时，也广泛深入地提出了"世间情为何物？直教生死相许"的疑问。

二、人物的刻画与塑造

1.深情狂放的杨过

杨过是作品的主人公，乾坤五绝之一。他性格的核心是深情狂放，亦正亦邪，与作者之前作品的主人公相比可以说是一个另类，有人将之概括为道家之侠。这个人物的塑造也得力于成长模式的运用。杨过成为乾坤五绝之一、神雕大侠，经历了一个艰难困苦的过程，进古墓前，杨过流里流气、记仇、小心眼、敏感倔强，浑身都是反骨与傲气，一副市井小流氓的形象，突出的表现就是郭靖好好地问他名字，他说自己叫"你老子"，逞口舌之快，占人家的便宜，难怪黄蓉一见面就不喜欢他。看到郭芙和李莫愁又油腔滑调地说：大美人好美貌，小美人挺秀气；之后，他还真心诚意地拜老毒物欧阳锋为义父。到了桃花岛，并未因郭芙是郭靖和黄蓉的掌上明珠，而有半分相让，仍记恨之前她嫌自己手脏身上也脏，不和自己玩一事；与武氏兄弟似乎也是天敌，甚至用欧阳锋教他的武功把武修文打成重伤。师祖柯镇恶查问他武功来历时，他不但不正面回答，反而张口大骂柯镇恶"老瞎子，老混蛋"，对师祖如此不敬，终于使得他在桃花岛没了容身之地。郭靖只好将他送到终南山全真门下，希望他用心学习，立志成才。没想到，他第一天就和师叔们发生冲突，以至于赵志敬不愿教他真功夫。甚至再一次用欧阳锋教的武功把鹿清笃打成重伤，还大骂自己的师父是老杂毛、牛鼻子。究其原因，是他敏感的性格让他觉得这些师父对自己并不友善，于是奋起反抗，哪怕是面对这些强大的"师父们"也未低下高傲的头颅。杨过自幼失怙，母亲穆念慈也在他11岁那年染病身亡。生来的傲气使他没有按照母亲的嘱咐投奔桃花岛，而是流落嘉兴街头，住在破庙之中，过受尽委屈和白眼的日子。对于这世界给他的不公平，小杨过只能以自己特有的方式去对抗并保护自己，形成了"谁对我好我就对谁好"的评判标准。

因为杨过公然辱骂师尊，全真教没有他的存身之处，是古墓中孙婆婆和小龙女在很大程度上改变了他对世界的认知，也使他的命运有了决定意义的转折。孙婆婆从出场到死去不过一天多，她对杨过说："孩子，别人不要你，婆婆偏偏喜欢你，你跟我走，不管到哪里，婆婆总是跟你在一起。"她为了保护杨过与全真教的道士们发生了激烈的冲突，最后死在了郝大通的掌下。孙婆婆临终前对小龙女的唯一要求是收留杨过："照料他一生一世，别让他吃旁人的半点儿亏。"孙婆婆让杨过发现世界上还有如此爱护他的人，甚至以自己的生命为代价保护他，爱惜他，这怎能不让杨过的心灵受到极大的震动。而冷酷孤傲的小龙女也让杨过觉得是那么温暖，只是杨过的这种体验让读者感觉太过心酸。我们说某人很温暖，都是源于对方对自己的友好；而杨过却只能从别人对他的施暴中去体验，可见之前他受到的欺凌之多。小龙女用帚柄打他，头五下打得重，甚是疼痛，到第六下"小龙女落手就轻了些，到最后两下时怕他承受不起，打得很轻"。这与他在全真教挨师父们打截然不同。从他人对自己的殴打之中去体会人间之爱，也只有杨过了。之前的杨过总是觉得别人对自己不好，现在总是觉得别人对他好，以至于觉得这个终年不见阳光的古墓也洋溢着爱的气息。

如果没有李莫愁的到来，杨过不知道还要在古墓里待上多久。因为误会，小龙女走出了古墓，杨过不得不踏上寻找小龙女的旅途而走出古墓。这其中，他救过陆无双，因为杨过觉得陆无双生气时和小龙女有些相像，并一路与她斗嘴抬杠，就是为了不断地看到她的轻嗔薄怒。帮助过完颜萍，因为她凄苦的眼神与小龙女极为相似，可见其对小龙女的情深。这次与小龙女的分别，杨过有了巨大的期待，有了一种空前的勇敢，不再懵懂，不再犹豫。武林大会上公然拒绝郭靖的许婚，并当着天下英雄，说出娶师父小龙女为妻，全不听郭靖的好言相劝，甚至赌咒发誓要坚持自己的立场，把这种违背礼教大防的行为做到底，哪怕反叛整个社会也在所不惜，可见其狂放。之后杨过和小龙女的分分合合不仅构成了故事的情节框架，更是对杨过深情的一次次书写，尤其是长达十六年的苦等。杨过将对小龙女的爱情寄托于武学的精研之中，把这种爱情的温暖播撒于人间。"神雕大侠"所到之处必有种种神奇的故事流传，他的形象和故事温暖着世人。

杨过的深情还表现在与郭靖一家的爱恨情仇上。由于长期不明白父亲死亡的真相，他本能地将父亲想象成一个大英雄，复仇之心从未泯灭。因此对郭靖夫妇始终存有疑虑，常常以怨报德。但在关键处，却又舍己为人，一次次救下郭家众人。甚至对处于火海中，砍下他臂膀的郭芙，犹豫一会还是将其救了出来。他就是这样一个超越世俗认知理念的亦正亦狂的人。因此他才能行侠仗义，才能为郭靖的精神风范而感召并认同郭靖的为国为民侠之大者的价值观念，乃至加入郭靖的反侵略战斗中，成为江湖传颂的"神雕大侠"。杨过是作者奉献给读者的又一个丰富、复杂、真实的形象，是以往武侠小说中很少见到的"陌生人"。

《神雕侠侣》是作者第五部作品。如果从文化角度说之前的四部主人公多为儒家之侠的话，那么杨过则是道家之侠。他不为名累，不为利锁，率性自由，所作所为无论善恶好坏都是从自己的感情或本性出发，是遵从自我的真实、自然的表现。他不会按照生活既定的规范来扮演自己的角色，也不愿意根据某种社会理念来约束自己，他追求的是个性解放自我的充分表现，所以他才会狂放不羁，成为武侠世界的另类。

2.浮躁骄横愚蠢鲁莽的郭芙

郭芙在《神雕侠侣》中，若论武功乏善可陈，但就其蕴含的人文内涵而言不逊于他的父母。第一，金庸借此人物对家庭遗传与教育进行了思考。从遗传学的角度看，郭芙外表虽继承了母亲的靓丽，性格和品性却继承了其父母的缺点——郭靖的迟钝愚拙和黄蓉的娇纵任性，而没有继承父亲的朴实宽厚和母亲的聪明伶俐。她的武功始终徘徊在二三流之间，没有超越自己的父母，好像与父亲的遗传有关，其实不然。论智商，她比父亲高，之所以不成才，根本的原因还在于她的性格——浮。心浮气躁的郭芙不可能像郭靖一样踏踏实实地冬练三九、夏练三伏以弥补先天的不足，而成为天下武功第一人，焦躁之气实际上成了郭芙心智发展的最大障碍。这一点与其说是遗传，不如说是家庭教育的结果。郭芙是郭靖与黄蓉的长女。对这个长女，黄蓉是百般娇纵溺爱，放任自流，而郭靖想要管一管，都被黄蓉挡了回去，这使郭芙更加有恃无恐，变本加厉。桃花岛上的花鸟鱼虫受尽郭芙的百般摧残与迫害。对此，母亲是熟视无睹，父亲郭靖有苦难言，结果郭黄二人的掌上明珠，虽然外表像芙蓉般清丽动人，却也像芙蓉一样浮于水面，徒有其表。郭芙这个形象很容易让我们想到纨绔子弟，想到君子之泽，五世而斩，想到中国人的"忠厚传家久，诗书继世长"的美梦总是一次又一次地落空。因此，郭芙的形象自然而然就成了一种文化与教育的启示——人的成长与成才，与家里的遗传有关，但更重要的还是后天的教育，否则无法培养出优秀的儿女。

郭芙的形象更值得玩味的，还是她的情感历程。郭芙的情感分为三个阶段，第一阶段，与武氏兄弟的交往。她觉得武敦儒沉稳敦厚，武修文活泼伶俐，各有优缺点，一时竟不知选谁为好，左右为难。第二阶段，遇见耶律齐。面对耶律齐，郭芙没有了以前的犹豫，爱上并结为夫妇。因为，无论武功和人品耶律齐都远远超过了武氏兄弟，这是其一。其二，武氏兄弟性格虽不同，但对郭芙的态度是相同的，即低声下气，唯唯诺诺，任凭郭芙呼来唤去。郭芙在他们面前可以是骄傲的公主，为所欲为，但如果将其作为生活伴侣，郭芙是不情愿的。因为爱侣必须是她心目中的白马王子，而非呼来唤去的奴才。其三，对耶律齐她不能呼来唤去，他的沉稳像她的父亲，所以郭芙毫不犹豫地选择耶律齐做自己的丈夫。这一次读者以为郭芙找到了自己情感的归宿，可以过着幸福生活，但出人意料的是小说的结尾揭开了郭芙内心的最大隐秘，也就是她情感的第三阶段，结婚多年之后，才突然明白自己内心最爱的是杨过，这个自小到大的冤家对手，一向看不上、合不来、得不到的杨过。这一情节的设计堪称绝妙之笔：第一，新颖，始终出人意料。郭杨两家三代深厚的渊源，二人如果结合就可以了却几代人的夙愿，但却出乎我们的意料，两人越走越远。当我们接受了他们不可能结为夫妇的事实之后，作者又回过头来揭开了郭芙的心理隐秘。诚如《红楼梦》里所说的"欲求近之心，反成疏远之意"。待到疏远之态时，终忍不住亲近之心了。第二，真实。这表现在对郭芙这个人物的情感描写历历在目，层次分明，真实可信。简单地说，对武氏兄弟是喜欢，对耶律齐是敬重，对杨过才是刻骨铭心的真爱。相对应的，对武氏兄弟是出于本能，对耶律齐是掺杂了理智，对杨过才是超越本能与理智的说不清道不明、剪不断理还乱的一往情深的爱情。郭芙的形象还向我们描述了"郭芙综合征"。这个综合征主要特征是家庭条件优越，对孩子从小娇纵，缺乏应有的管教，使其心智发育不良，行事鲁莽，难以成人。最为重要的是独立意识薄弱，离开家庭的帮助，就永远不能独立，精神和心理都存在着严重可怕的障碍。郭芙这个人物虽然不被读者喜欢，但却是一个内涵丰富，极富启示意义的、成功的艺术形象。

3. 因情入魔的李莫愁

李莫愁是因情而魔的大魔头，绰号"赤练仙子"。"赤练"二字源于赤练蛇，这个蛇外形花纹特别鲜艳好看，有人说它无毒，有人说它有毒，还有的说赤练蛇究竟有没有毒，还得看被咬人的体质。不同人的体质，对赤练蛇液的敏感度不一样。金庸把这个"赤练"二字给了李莫愁，也蕴含了"情为何物"的思考。同是爱情，有的人爱情甜如蜜，有的人爱情苦似连。李莫愁因情场失意而滥杀无辜，显然爱情之于李莫愁已成为令她变得疯狂的毒汁。她把何老拳师一家二十余口人满门杀绝，仅仅因为他们姓"何"；跑到沅江上毁了六十三家货栈船行，因为它们的名字有一个"沅"字。"何"与"沅"二字为何与她有如此深仇大恨，原因是她的情敌叫作"何沅君"。所以，姓何的她要杀，有沅字的她要毁，且发誓谁在她面前提"何沅君"三个字，就是与她不共戴天，不是你死，就是我活。多年之后，李莫愁还活着，这期间不知有多少人因为不知其禁忌触犯了她而丢掉了性命。陆展元没有娶她而是娶了何沅君当然令李莫愁气愤，但更让李莫愁愤恨不已的是，陆展元没有给她任何说法就脚底抹油偷偷溜走了。这种不明就里的困惑猜想长久郁积心头，久而久之促使其疯狂变态，滥杀无辜。

以上是她残忍疯狂的一面，接下来我们再看她仙子的一面。仙子一面可从两个方面分析。一是外表的美丽。李莫愁的美，哪怕是毫无色彩款型的道袍也无法掩饰和遮蔽。所以，杨过第一次见到她时都忍不住赞叹道：大美人，好美貌。当然，李莫愁的"仙子"一面，更主要还是表现在她对待小郭襄的态度与行为上。一开始，李莫愁是怀着自利之心加入到抢夺婴儿郭襄的行列。她以为这是小龙女和杨过的女儿，想以此要挟小龙女和杨过，换得她自己想要的"玉女心经"。但很快她就对这个小婴儿萌生了爱意，进而当成了自己的心肝宝贝，尽心养育，百般呵护，以至于黄蓉来解救时，还一度想用自己的生命换取这个婴儿的安全。李莫愁如此对待小郭襄，当然不是出于人道的理性，纯粹是出自她母性的本能。是母性的光辉让李莫愁变得美丽动人，这才是她"仙子"一面真正含义所在。假如不把小郭襄从她身边抢走，那么为了养育这个小婴儿，李莫愁也许会隐居在深山老林，远离江湖，忘却人间的仇恨，把这个小宝贝当成自己的人生目标，或许可以消除她的魔性。遗憾的是生活没有假设，小郭襄又回到了黄蓉的怀抱，这也就剥夺了李莫愁再次成为正常人的机会。从此她变本加厉，直至情花毒发苦不堪言，主动投身火海，自焚而亡。李莫愁的最后一幕让人心生可怜，书中写道："李莫愁一生造孽万端，今日丧命实属死有余辜，但她也并非天生狠恶，只因误入情障，以至于走入歧途，越陷越深，终于不可自拔，思之也是恻然生悯。"[2]她生命的最后一刻还唱着：问世间，情为何物，直教生死相许，天南地北……便声若游丝，悄然而绝。李莫愁唱着这首歌曲出现在读者的面前，也是唱着这首歌曲对人世做最后的告别。李莫愁终其一生都在寻找情为何物，却没有找到满意的答案，她甚至不明白为什么找不到答案。

柏拉图认为："原始生命力是能够使人完全置于其力量控制之下的自然功能。性与爱、愤怒与激昂、对强力的渴望等就是主要的例证。"[3]美国心理学家罗洛·梅在《爱与意志》中说："当原始生命力占有了一个人的整个自身而无视这一自身的整体性时，或者，无视他人的独特性与欲望，无视他人的整合需要时，它就会成为一种恶，并表现为富于攻击性、充满敌意和残酷。"爱欲"推动我们与我们所属之物结为一体——与我们的自身可能性结为一体，与生活在这个世界上并使我们获得自身发现和自我实现的人结为一体，爱欲是人的一种内在渴望，它引导我们为寻求高贵善良的生活而献身"。[4]由此可见，爱欲是一种具有强大力量的欲望，它可以创造也可以毁灭，人需要正确对待它。爱的本质是塑造完美，让我们走向真、善、美，是一种积极行为。如果真正爱一个人，那么也应该爱自己的生活，爱所有人的生活，爱身处其间的世界。而李莫愁生活在古墓世界，她的师父不可能给她爱的启蒙和教育，所以她不懂得什么是真爱。这在她送给陆展元的手帕就可以看出，她一直是以自我为中心而忽略了陆展元的感受，从而把陆展元推向了何沅君的怀抱。对于陆展元的离开，她并不知道反躬自省，而是一味地怨恨。"怨恨是一种有明确前因后果的心理自尊毒害。这种自我毒害有一种持久的心态，它是因强抑某种情感波动和情绪激动，使其不得发泄而产生的情态……怨恨形成的最主要的出发点是报复冲动。"[5] 失望、困惑、痛苦、嫉妒、怨恨等多重情感终于使她蜕变成女魔头。

4. 绝情绝义的公孙止

绝情谷主公孙止也是一位让人难以忘记的人物，他给人印象最深的是"绝情"，绝情到丧尽天良、人性的程度，简直就是衣冠禽兽。妻子裘千尺有孕在身，他非但不爱护还移情别恋。被妻子发现后，面对只有一粒解药时，公孙止毫不犹豫将中情花之毒的情人柔儿一剑刺死，自己吃下解药。活命之后，公孙止又出人意料地用花言巧语哄骗裘千尺，用含有麻醉药的烈性酒将裘千尺灌醉，挑断她的筋络，推入地穴之中。随着裘千尺被杨过和公孙绿萼救出地穴，公孙止不仅彻底失去了小龙女，也失去了谷主的地位。他假道德的外衣也随之被全部剥开，在绝情谷的大道上企图用武力劫持年轻的完颜萍，看到风韵犹存的李莫愁也迫不及待地要求联手甚至联姻，不惜再一次设计陷害自己的女儿。最后，豆蔻年华的公孙绿萼竟然死在了自己亲生父亲手中。至此，一个残忍绝情、天良丧尽的形象展现在我们面前。这个人物之所以真实可信，为读者接受，是因为金庸细腻描写了他人性发展的全过程。刚出场时的公孙止温文尔雅、持重端庄、彬彬有礼，而他居住的绝情谷也是一派鸟语花香，宁静肃穆，恍惚让人觉得世外桃源。他的武功也很不一般，竟然能将周伯通抓住。那么这样一个人物为什么变成了衣冠禽兽呢？究其原因，是长期自我压抑的结果。

公孙止的武功很是奇异，一是他神奇的闭穴功夫，可以随意地关闭穴位，几乎使他刀枪不入。因为打中了他的穴道也无用，反而使攻击方惊讶而慌乱，失去战机，堪称一流的防身术。二是神奇的刀剑互错的功夫。刀不使刀法，剑不使剑法，让人防不胜防，吃尽苦头，堪称第一流进攻招术。如此进攻与防身之术，公孙止给人的印象简直是仙人，没有弱

金庸小说阅读与赏析

点，实难战胜。但是，当他的妻子裘千尺偷偷将自己的血液滴进茶水，公孙止喝下之后，顷刻间，他武功脆弱不堪，漏洞百出。其中的奥妙就是公孙止闭穴功夫不能沾油腥，当然更见不得血，否则就会不攻自破。刀剑互错只是炫人耳目的花招，一旦明白了刀即是刀，剑即是剑的规则，就会发现他的武功实际上毫不稀奇。金庸作品中武功绝不仅仅是一门功夫，往往成为人物性格或命运的隐喻与象征，公孙止亦不例外。所谓的闭穴功只不过是一种典型的自我压抑之功，为了保证这个功夫的效力，他得远离油腥。公孙止武功方面如此，其他方面不也是这样吗？无论是情感还是心理，小龙女的出现犹如那"一滴血"，使得公孙止的情感和心理漏洞百出，再也无法控制，最终全面崩溃。公孙止这一形象告诉我们，人性的弱点或欲望并非是罪恶，大可不必遮掩与压抑，相反，越是遮掩压抑，越容易膨胀变形变态，成了种种的罪孽。

5.愚昧蛮横的裘千尺

裘千尺是一位愚昧蛮横、霸道凶狠的悲剧人物。说起裘千尺的悲剧，我们首先想到的就是她被自己的丈夫公孙止挑断筋络，又被推进终年不见天日的百丈深渊地穴之中。其次就是她有孕在身，丈夫不但不呵护，还移情别恋，使她承受丈夫背叛自己的苦痛。再次，她关心丈夫的饮食起居，还亲自传授给公孙止武功。当外敌入侵绝情谷时，是她凭借自己的武功，将来犯之敌赶走。即便如此，丈夫公孙止不但不感谢她，反而对她如此薄情，说来令人唏嘘感叹。

慨叹之余，我们不仅要反思裘千尺的人生悲剧了。为什么她的丈夫如此绝情？公孙止何以对她下如此毒手？我们认为，很大程度上是她自掘坟墓。是她的愚昧霸道、凶悍凶狠的性格所致。裘千尺出身名门，他的大哥是威震江湖的铁掌帮帮主裘千仞，他的二哥裘千丈也赫赫有名，她自己的武功也非同一般，否则不可能凭一己之力打退入侵绝情谷的敌人。结婚后，她也曾想尽办法指导公孙止的武功，奈何公孙止的灵性不足，总是赶不上裘千尺。因为自己出身名门，武功又高，再加上保卫了绝情谷，立下了汗马功劳，所以她在丈夫面前居功自傲，颐指气使，轻视对方。短时间内还可忍受，长久下去，必定会伤及夫妻的感情。陆展元连配角都不肯当，就选择了逃跑，转而娶了何沅君，何况公孙止要整年累月地忍受裘千尺高高在上、颐指气使、专横霸道的做派，过着低三下四、仰人鼻息的生活，无平等怎有和谐？无尊重谈何幸福？

公孙止的情人柔儿名字有温柔和顺之意，从反面说明了裘千尺在公孙止面前少有温柔，或许她也不屑于此。

据裘千尺说："这小贱人就是肯听话，公孙止说什么她答应什么，又是满嘴的甜言蜜语，说这杀胚是当世最好的人，本领最大的英雄，就这么着，让这贼杀才迷上了。哼，这贱婢名叫柔儿。他十八代祖宗不积德的公孙止，他这三分的臭本事，哪一招哪一式我不明白？这也算大英雄？他给我大哥做跟班也还不配，给我二哥去提便壶，我二哥也一脚踢他远远的。"[6]

杨过听了裘千尺的叙述之后说道："定是你处处管束，要他大事小事都听你吩咐，你又瞧他不起，终于激得他起了反叛之心。"[7]

由此可见，公孙止移情别恋，实际上是想弥补自己情感上的不满意，不满足。也就是说，柔儿所具备的品性，裘千尺没有；柔儿所给予公孙止的肯定，乃至崇拜，是裘千尺不可能给予的，不但不给予，她还轻视甚至鄙视自己的丈夫。上述的种种原因促使裘千尺有孕期间公孙止移情别恋，并且要与柔儿私奔。不料被裘千尺发现，将二人双双投入情花丛中，让他们受尽万千毒刺之罚。然后，裘千尺将家中几百粒解药绝情丹，全部浸泡在有砒霜的水中，仅留下一粒解药。

要解情花毒，就得喝下带有砒霜的药水，不喝就解不了情花之毒。之后拿出仅剩的一粒绝情丹，让公孙止自己决定救谁。

公孙止不是情圣，不可能为柔儿而死。他不如杨过那样为爱忠贞高义，富有担当，他只不过是一个披着英雄外衣的可怜虫，一个贪生怕死、自私自利、地地道道的凡夫俗子。否则他也不可能长久忍受着裘千尺的专横霸道，过着忍气苟且的日子。所以，在这生与死的考验面前，他提剑杀死了自己的情人柔儿。这一剑，不仅杀死了自己的情人，也将他的卑劣卑鄙无情暴露无遗。他恨死了将他逼上绝路的妻子裘千尺。往日的欺侮、今日的羞辱及迫不得已杀死柔儿的悲愤与哀伤，一下子化作了一团火，全部发泄到"罪魁祸首"裘千尺身上。在他看来，只有挑断裘千尺的筋络，并推到终年不见天日的百丈地穴之中方解自己心头之恨。所以裘千尺几十年悲惨的人生很大程度上都是咎由自取，是自己的蛮横霸道、凶狠愚昧所致。

裘千尺的愚昧有两个有力的例证。第一，她不懂得爱。在她看来，夫妻之间只有饮食寒暖的照应，生儿育女的任务，练武抗敌的本事。不知道夫妻之间情感上要体贴，人格上要尊重，心理精神上相互慰藉。这种惊人的无知愚昧，一直让她很自信，进而居高自傲，任性专制霸道，无视甚至轻视对方。第二，裘千尺的愚昧还表现在不懂得自省，更不知防范。夫妻情感出了问题后只知一味地指责对方，不知道反躬自省。先骂公孙止忘恩负义，再指责柔儿卖乖讨巧，似乎自己一点责任都没有，而且还认为自己尽了妻子的义务。更可悲的是看到公孙止杀了柔儿之后就以为自己胜利了，还洋洋得意地与丈夫举杯畅饮。对公孙止的悔悟之"诚"甚感满意，没有一丝防范之心、愧疚之意。直至迷醉之中被丈夫挑断筋络，她也没有去想公孙止为什么会对她如此残酷无情，这其中自己扮演什么样的角色，自身哪些错误招致几近杀身之祸，被害之前不会想，被害之后就更不会去反省了。在她看来，一切罪责都应由公孙止一个人承担。

绝情谷这一对夫妻最后的结局是一同摔下百丈深渊，两人到底是有情还是无情？多情还是绝情？妻子可怜还是丈夫可怜？妻子可恶还是丈夫可恶？实在不好做简单的断定，于是作者巧施妙法，让他们一起摔下百丈深渊，干脆来个你中有我，我中有你。这对夫妻难道不让人深思吗？金庸借裘千尺和公孙止之间的情感再一次向"世间情为何物"发出了追问。

三、隐喻与象征的艺术手法

隐喻又称暗喻，从修辞角度来说都是隐去喻词，由本体和喻体直接连接组成的比喻。从诗学角度看，无论是隐喻还是明喻都是文学的基本技巧。20世纪以来，作为修辞学的比喻更受到诗人和评论家的重视，是具有极强表现力的手法，喻体成为负载多重意义的复合体。进入20世纪，特别是在象征主义诗歌流派兴起之后，和隐喻一样，象征也受到了极大的重视，成为一种用有声有色的鲜明物象来暗示微妙的心灵世界的诗学原则。从形态上讲，类似于中国古代诗论中的"托物寄兴"，即不直接描写诗人自己心中体验到的某种情绪情感，而是通过那些与诗人自我内心情感体验相应和的外物的描摹，使客观成为一个传达内心情感体验的符号，形成一种托物言志。以此我们看，金庸在《神雕侠侣》中，因为要追问"情为何物"，便更多地运用了隐喻与象征的手法。因为"情"本身深广与含蓄，隐喻与象征最有利于表达含蓄蕴藉的情感。

1. 叙事地点的隐喻与象征

古墓与绝情谷在文本中是两大象征性处所，具有形而下与形而上的双重含义。形而下是故事的发生地——叙事，形而上是揭示作品的主题——写意。

在古墓发生的故事有林朝英与王重阳、小龙女与杨过，还有李莫愁与陆展元等。从他们几个人的故事来看，都有一个共同的特点——悲情。虽然小龙女与杨过最后携手走天涯，以大团圆结局，却经历了无数痛苦的等待。再来看绝情谷。某种意义上来说，绝情谷是古墓的放大版，如果说小说前部分的故事主要是发生在古墓的话，那么从十七回到三十九回故事的发生地就转移到了绝情谷。在绝情谷上演故事的人有公孙止与裘千尺、小龙女与杨过、杨过与公孙绿萼、李莫愁与周伯通、完颜萍与郭襄以及大雕殉情的故事。绝情谷的这些故事也都与情有关，不仅是悲情，更有无情绝情、凄情惨情、亲情爱情，林林总总，不一而足。总之，离开了古墓和绝情谷，文本的故事发生发展也就没了依托，这是古墓和绝情谷两大处所形而下的含义，即故事的发生地。

接下来我们再分析一下这两大处所具有的形而上的隐喻与象征，即其所蕴含的主题。《神雕侠侣》是"情词"，那么作为故事的两大发生地必然也承载着作品对情的言说，这一说法也包括两个方面：一是爱情是美好的。因为爱欲是人的生命表征，是生命力的体现。二是爱情是不可压抑的，否则就是对生命的摧残，同时爱欲又须佐以理性。三是充分认识到爱的整体性，因为爱是两情相悦，既要明确自己的所爱，更要考虑对方的需求，爱情中的双方应该是独立平等的个体，也应互相理解与包容。否则爱情非但不美好，还变成了毒情、毒花、毒草，让人变丑、变恶、变疯、变魔。

古墓是王重阳所建，抗金义师失败后，他便整日枯坐在古墓中。他的恋人林朝英前来相慰，柔情高义，感人至深，已无好事不成之理，最终还是落得情天长恨，一个出家，一个在古墓中郁郁而终。这两人原是天造地设的一对，两人之间既无第三者插足，也无门派或家庭的阻碍，为何没有走到一起呢？原来二人之间缺乏包容，互不服输，所以二人相爱是真，但在武功上相互竞争各不相让也不假。因此，两人在一起时，每当情感渐浓之时，谈论武学时的争执也伴随而生，每每不欢而散。赢了的林朝英住进了古墓，输了的王重阳走出古墓当了道士。

做了古墓新主人的林朝英一气之下便与近在咫尺的"全真派"老死不相往来，并把古墓变成了一个纯粹的女性世界。开始是意气用事，后来这种"隔绝"渐渐变成了一种传统和规矩。书中写到，如果哪个男子能够发誓为古墓中的某个女性甘愿牺牲自己的性命，那么这个女子可以自由地走出古墓。小龙女之所以可以走出古墓，就是因为杨过愿意这么做。可问题是这一规则看似合情合理，但实际上是无法实施的，因为古墓中的女子一向不与外界交往，根本没有机会见到外面的人或被外面的人见到，而且这条规则还有一个补充规定，

金庸小说阅读与赏析

就是在那个男子愿意献身之前不得透露这条规矩，否则这条规矩无效，由此可见这条规矩将古墓变成了清一色的女性世界。更能说明这一问题的，还有古墓派的养生功夫"十二少"：少思、少虑、少欲、少事、少语、少笑、少愁、少乐、少喜、少怒、少好、少恶。这十二少，充分说明古墓已然成为压抑人所有欲望与本能、理智与情感的场所。如果都做到了"十二少"，人真的被压抑成无欲无望的"木乃伊"了。李莫愁受不住这古墓的压抑，擅自走出古墓。一方面，是出于情欲本能的冲动；另一方面，也与她那高傲刚烈、爱走极端的性格有关。愈是压制愈是反抗，最后反叛师门。而她与陆展元相处的失败，其病根也在古墓中形成。一是古墓中的女性中心意识，形成了她以自我为中心，妄自尊大的性格；二是清一色的女性世界，根本就没有和男性相处的经历，她的师父也不会给她这方面的教育。走出古墓之后，更没有指导她怎样与人相处，尤其是与男性相处，一任自己爱欲挥洒，很少顾及对方的感受，一旦被拒绝，她那刚烈自大的性格便将自己推向了疯狂的境地，至于绝情谷的压抑，我们在分析公孙止时已经讲过了，在此不做赘述。

　　相较而言，绝情谷主要承载和蕴含的是金庸对爱情本体的追问。这一追问和思考是通过绝情谷的情花、断肠草等来完成的，当然也包括"雕冢"和断肠崖等喻体或象征物的描写，我们主要从情花和断肠草入笔，让我们来看一看金庸笔下的情花与断肠草承载的喻义。作品写道：此花给人的第一印象是娇艳无比，似芙蓉而更香，如山茶而增艳。此花当是人间奇迹，花国君王，见此尤物，谁能无情。美而多刺，刺能伤心，情欲方动，刺毒始发。解毒须服断肠草。此花，果丑味不一，需亲口尝。由此可见情花特征：一是美；二是令人动情；三是有毒；四是它的解药是断肠草，两物相伴相生，相反相成以毒攻毒，断肠伤心，而后方能相互消减；五是此花结不出好看的果子，其味道不一样，没有规律而言，或内丑外甜，或外丑内臭，美丑不一，须亲口尝过方知。情花的特征也就是爱情的特征，金庸借此来完成对爱情本体的阐述和追问。在金庸看来爱情是什么呢？爱情有如情花一样，娇美艳丽，浓香四溢，谁遇到它都会怦然心动。但是这美好的爱情也有刺有毒，轻则伤身伤心，重则伤人伤命。而它的解药呢，竟然是断肠草。也就是说中毒之人得肝肠寸断、脱胎换骨方能从毒性中解脱，可见爱情的毒性之烈非同一般。爱情的果实就像是情花之果，酸甜苦涩没有固定答案，唯有亲口去尝。不同的人就会尝到不同口味的果实，没有固定的答案，哪怕是同一环境下生长，但由于人的性格不同也会有不同的情感。无论是古墓还是绝情谷，都有无情、多情、绝情、悲情、欢情、惨情，不一而足，因人而异。总之，无论是绝情谷还是古墓，都是金庸运用隐喻、象征的手法对爱的阐述和对情的追问。

2.武功的隐喻与象征

如前所述，金庸武侠小说的武功与打斗绝不仅仅是一套功夫那么简单，而是蕴含着丰富的内涵，成为人物性格、命运、情感乃至人生阅历和智慧的隐喻和象征，《神雕侠侣》也不例外。"玉女心经"和"黯然销魂掌"分别是少女和杨过内心情感的隐喻，而"剑冢"则成为人生的象征。

首先，"玉女心经"共分三个层次。第一层是学会古墓派的入门功夫，第二层是练全真派的功夫，第三层才是玉女心经。"玉女心经"最重要的一点是相互配合，弥补对方的漏洞，相互激发灵感才能发挥这套功夫的最大威力。书中写道：林朝英情场失意，在古墓中郁郁而终，她文武全才，琴棋书画无所不能，最后将毕生所学，尽数化在这套武功之中。她创建这套武功时，只是抒发自己的情怀，哪知数十年后，竟被一对情侣以之克御强敌，却也是她始料未及的了。如是我们当彻底明白，这"玉女心经"原是林朝英借此想与王重阳对话，是其借武功向王重阳传递自己一腔爱恋。所以，与其说是武功招式，不如说是爱情的话语，更不如说是对爱情生活充满诗意的想象。与其说是一种神奇的武功打斗，不如说是别具一格的动人约会。看看"玉女心经"每一招式的名字：浪迹天涯，花前月下，轻饮小酌，抚琴按箫，扫雪烹茶，松下对弈，池边调鹤，小园议菊，西窗夜话，柳荫联句，竹窗临池。读来诗意盎然，浪漫柔情，哪有什么杀伐之意。所以，"玉女心经"是武功，更是"玉女"心事与心曲的书写与传递。

其次，"黯然销魂掌"。它取自江淹《别赋》——"黯然销魂者，唯别而已矣。"共十六招分别为：心惊肉跳，杞人忧天，无中生有，拖泥带水，徘徊空谷，力不从心，行尸走肉，倒行逆施，废寝忘食，孤行只影，饮恨吞生，六神不安，穷途末路，面无人色，想入非非，呆若木鸡。读读这些武功招式的名字就足以让人感受到黯然神伤的滋味，作者要传达的也正是这种心理上的悲苦与哀伤。杨过创造这套武功是为了打发那些无聊伤神的日子，所以这套武功也就再现了杨过那段心惊肉跳、徘徊空谷、行尸走肉的日子，以及他生存的情景和形态。难怪小郭襄第一次听到这些名字时，开始觉得好笑之极，听着听着就"心下凄恻，再也笑不出来了"。这套武功还有一点特别之处，那就是不仅招式要以内力配合，而且能否发挥威力，还要看当时的心境，只有黯然悲苦的心境才能让这套武功使之发挥极大的威力。当小龙女与杨过一同前来解救郭襄与金轮法王展开最后决战时，杨过的"黯然销魂掌"竟然无法发挥巨大的威力，原因就是他刚与小龙女相聚，心中再也没有悲苦和黯然之情，后来他发现不但救不了郭襄，连自己的性命也要搭在这里，也就是说要与小龙女死别，这时杨过的心中又有了黯然之意，武功也在无形之中威力倍增。这是武侠小说中从未见过的招式，称得上杨过的独门绝技，不过要面临生死别离时才能发挥威力却又实在让人悲伤。杨过连自创的一套武功都是苦涩的，不到凄苦之际，武功威力就不能发挥，这套武功可说是杨过一生故事最佳的总结和写照。

最后，"剑冢"的隐喻与象征。"剑魔独孤求败既无敌于天下，乃埋剑于斯，呜呼！群雄束手，长剑空利，不亦悲夫！"这是"剑冢"的来历。书中写道："剑冢"里没有任何拳经剑谱，只有几只剑柄、几句话，即"凌厉刚猛，无坚不摧，弱冠前以之与河朔群雄争锋。紫薇软剑，三十岁前所用，误伤义士不祥，乃弃之深谷。重剑无锋，大巧不工，四十岁前恃之横行天下。四十岁后不滞于物，草木竹石均可为剑。自此精修。渐进于无剑胜有剑之境"。虽文字不多，不足百字，但意蕴隽永。所以，"剑冢"是金庸又一极富创作力的想象，它是绝妙武学与人生境界的隐喻与象征。书中的武功当以主人公杨过发现的剑魔独孤求败的"剑冢"最为惊人，其中的妙处当然还是金庸的独门功夫，即将武功与人文融为一体，具有多方面的艺术价值，这第一个价值是对杨过好心救人的一种奖励，也是对他孤苦命运的一种补偿，同时也是对他个人形象的塑造。"剑魔独孤求败既无敌于天下，乃埋剑于斯，呜呼！群雄束手，长剑空利，不亦悲夫！"这种傲视当世冠绝一时的气概，足以让杨过又悲伤又振奋，从此找到生活的目标，免于颓唐。第二个艺术价值就是指出了人生不同阶段的心理特征，对人生也同样具有一定的指导意义。"剑冢"里没有任何拳经剑谱，只有几只剑柄和几句话。但这几句话却道出了武功的层次和境界，道出了练武者年龄特点和文化修养。

"剑冢"的隐喻与象征

独孤求败的武功与人生境界			
武功层次和境界		人生阶段和文化修养	
武功层次	武功特点	年龄特点	文化修养
第一层	凌厉刚猛	少年特征	锋锐尖利
第二层	紫薇软剑	青年特征	灵活多变
第三层	重剑无锋	壮年特征	浑厚持重
第四层	草木竹石	中年特征	自由随意
第五层	无形之剑	老年特征	大象无形

这令我们想起了王国维的学问三境界：昨夜西风凋碧

树，独上高楼，望尽天涯路；衣带渐宽终不悔，为伊消得人憔悴；众里寻他千百度，那人却在灯火阑珊处。与其相比，二者大有异曲同工之处！

注释

[1] 傅国涌.金庸传 [M].北京：北京十月文艺出版，2003：164.

[2] 金庸.神雕侠侣 [M].广州：广州出版社，2008：119.

[3] 曹不拉.金庸笔下的奇男情女 [M].浙江：浙江文艺出版社，2002：154.

[4] 罗洛·梅.爱与意志 [M].冯川，译.北京：国际文化出版社，1987：157.

[5] 马克斯·舍勒.价值的颠覆[M].罗悌伦，等译.北京: 北京三联书店，1997:7.

[6] 金庸.神雕侠侣 [M].广州：广州出版社，2008：666.

[7] 金庸.神雕侠侣 [M].广州：广州出版社，2008：667.

▌第五章 《倚天屠龙记》的阅读与赏析

一、人性的主题与线索

《倚天屠龙记》是金庸的第七部武侠小说，创作并发表于1961年7月7日的《明报》。这一年《明报》的经济十分困难，金庸在这一年连续创作了三部武侠小说，都发表在《明报》上，以确保《明报》的发行量。这三部武侠小说，即《倚天屠龙记》《白马啸西风》和《鸳鸯刀》，它们为《明报》的发展立下了汗马功劳。《倚天屠龙记》历时两年多结束，之后结集出版单行本，1976年金庸又对其进行了全面的修订。

金庸一直将《倚天屠龙记》作为他唯一的"三部曲"，即"射雕三部曲"的最后一部作品。这也是金庸迷们讨论的一个话题，有的人认为是"三部曲"，有的人认为证据不足，不能算作"三部曲"。否认的理由有四：一是《倚天屠龙记》的书名没有"雕"字，这和前两部作品不同；二是作品的回目字数与前两部不同；三是《倚天屠龙记》作品的故事背景与《神雕侠侣》的故事背景时间相距百年，太过遥远；四是作品之间的人物关系不密切。所以认为不是"三部曲"。肯定的理由有三：一是作者自己认为是，我们应尊重作者；二

金庸小说阅读与赏析

是作品内在联系还算密切，那就是屠龙刀和倚天剑中分别藏着岳飞的《武穆遗书》和《九阴真经》，而且是郭靖和黄蓉所藏，他们夫妻的愿望是希望后人学了之后，用以驱逐鞑虏，恢复中华，赶走来犯之敌；三是"三部曲"的人物是一个对比的系列，也就是说后一部书的主人公性格是与前一部书的主人公性格对比而产生的。如果《射雕英雄传》中的郭靖笨拙而又充满正气，是儒家之侠的典范，那么《神雕侠侣》中的杨过则是行为偏激、聪明邪气的道家之侠，而《倚天屠龙记》中的张无忌就变成了缺乏主见、拖泥带水、心慈手软的人物。这展现了金庸小说创作的思维规律，所以是"三部曲"。其实，是三部曲也好，不是也罢，都不能否认《倚天屠龙记》是金庸再一次为读者奉献的精彩作品，也不妨碍我们在欣赏作品时和金庸一起去感受人生的真谛，探勘人性的秘密。

阅读《倚天屠龙记》，第一感受是金庸怎么江郎才尽，落了俗套，给我们讲起了江湖夺宝的故事了呢？这个宝当然就是屠龙刀、倚天剑了。有一天，江湖上突然传来一句话，那便是"武林至尊，宝刀屠龙，号令天下，莫敢不从，倚天不出，谁与争锋"。"武林至尊"这四个字实在是太有诱惑力了，许多江湖侠士出于各种原因加入夺宝的行列当中。为此发生了无数血肉横飞的惨剧，一时间江湖血雨腥风。无论是海沙派，还是俞岱岩、天鹰教、金毛狮王谢逊、张翠山夫妇、朱九龄、武当等都为之送了性命，直到第三十九回，作品的大部分内容都在讲述争夺宝刀的故事。所以，从外在的情节看，《倚天屠龙记》确实是讲述天下武林夺宝的故事。但是稍加分析，我们就可以看出，《倚天屠龙记》实际是"夺宝其表，人性其里"，既讲夺宝的故事，又在书写人性贪欲的故事，或者是人的贪欲，让他们陷入夺宝的大战中。这样一来，金庸非但江郎才尽，落入俗套，反而极具创新精神，给我们讲了一个双重的故事，而且表层的夺宝故事，又充当结构作品的线索，借此展现人性的复杂多面。

金庸的武侠小说中从来就没有纯粹、简单的夺宝故事，总是与历史社会、人性人生紧密相连，《倚天屠龙记》亦是如此。蒙汉两个民族的对抗，明朝建立的历史事件，朱元璋、常遇春、张三丰等历史人物，都被金庸写入江湖中去，这是金庸常用的历史人物江湖化、江湖人物历史化的手法，使历史成为《倚天屠龙记》结构一维，丰富并推动着故事情节的发展。只不过在《倚天屠龙记》中，相较于历史与社会，描写与揭示人性成为重点。而对人性的描写与揭示又是借两样兵器来完成。所以，《倚天屠龙记》的故事情节应是"夺宝其表，人性其里"。借对兵器的抢夺，实现对人性的探讨才

金庸小说阅读与赏析

是《倚天屠龙记》的真正目的。如前所述，屠龙刀、倚天剑的出现给江湖带来了血雨腥风，让读者感觉这副刀剑乃不祥之物。后来，张无忌得到屠龙刀并研习了《武穆遗书》，用它不仅解了少林之围，也痛歼了蒙古大军。之后张无忌又将兵书交给了徐达，徐达因此用兵如神，连败元军，挥兵北上，直将蒙古人赶至塞外，威震漠北，建立了一代功业。这似乎又告诉我们屠龙刀并非是不祥之物，反倒是"吉祥"的宝物了。究其原因，并非是这两样兵器使然，而是人性作祟，是人的权力欲促使这两样兵器在江湖上掀起一个又一个血雨腥风，变成不祥之物。屠龙刀、倚天剑是用来驱除鞑虏，赶走来犯之敌，取暴君之首还百姓一个清朗的乾坤；还是用来帮助自己登上"武林至尊"的地位，以满足自己"号令天下"的欲望，要看它掌握在谁的手里了。如果掌握在张无忌、徐达这样正义之人手中，它会造福于人，如果是掌握在灭绝师太这等邪恶之人手中，就会带来灾难。

由此可见，《倚天屠龙记》借夺宝模式表达了四层含义：一是反抗异族入侵，也反抗本族的暴虐。如张无忌对徐达所言："我体会这几句话的真意，兵书是驱赶驱逐鞑子之用，但若有人一旦手掌大权竟然作威作福，以暴易暴，世间百姓受其荼毒，那么终有一位英雄手执倚天长剑，来取暴君首级。统领百万雄兵之人纵然权倾天下，也未必能当倚天剑之一击。"[1]二是对人性中权力欲望的揭示与批判。《武穆遗书》是抗金英雄岳飞所著，当年一代大侠郭靖、黄蓉夫妇将其藏在屠龙刀中，希望后代人得到这部兵书，能够学习岳飞的兵法，同时学习岳飞精忠报国的精神，率领英雄豪杰，发扬民族爱国精神，赶走蒙古侵略者，这是郭靖与黄蓉夫妇的用意，也是屠龙刀能够成为"武林至尊，号令天下，莫敢不从"的本意。但是，人们在不明就里的情形下皆欲夺之而后快，甚至不惜性命去抢夺，无非是冲着"武林至尊"和"号令天下"的权势而来，为了拥有这个"权"，那些人费尽心机，将原本是宝贝的屠龙刀、倚天剑变成邪恶之物，此种行为离郭靖夫妇本意真是相差十万八千里。三是表达了金庸对人性的看法。相隔数年后，金庸对池田大作说："我相信在人间社会中，善与恶是复杂交错在一起的，在这个社会中没有谁是百分之一百的善人，也没有是一无是处的坏人。恶人中也有善的一面，善人中也有坏的一面，不过占的比例较少而已。作者要考虑的是怎样才能真实地写出来。我在写作《倚天屠龙记》时表示了人生的一种看法，那就是，普遍而言，正邪、好恶难以立判，有时更是不能明显区分。人生也未必是'善有善报，恶有恶报'，善恶是不能楚河汉界一目了然的。人生真的很复杂，命运确实是千变万化的。"[2]这就是说，人性是复杂的，并不是简单的二元对立，常常是善恶好坏并存；四是蕴含着金庸对正与邪、善与恶的看法，并通过人物形象的塑造完成了对正邪标准的确立，即以大多数人的利益为尺度去考察一个人、一个门派（或团体、组织）是正派还是邪派，是善良还是邪恶，而不应仅仅以他所处的团队、门派或所打出的旗号为标准。正如张三丰所言："为人第一不可胸襟太窄，千万别自居名门正派，把旁人都看得小了。这正邪两字，原本难分，正派弟子若是心术不正，便是邪徒；邪派中人只要一心向善，便是正人君子。"[3]武当派大侠宋远桥的儿子宋青书最后却变成了一个戕害师叔、反叛师门的卑鄙小人；灭绝师太是峨眉派的掌门人，但她的行为却比邪教还让人恐怖。而被人视为邪教的明教，却光明正大、心怀侠义，是贫苦人的互助组织，看他们的教歌：焚我残躯，熊熊圣火，生亦何欢，死亦何苦？为善除恶，惟光明故，喜乐悲愁，皆归尘土。怜我世人，忧患实多！怜我世人，忧患实多！实在令人感慨。少林寺作为千年古刹，威震江湖，无人不敬。然而在小说中，少林僧众不光彩的行为却时有发生。突出的例子就是张三丰为了救张无忌之命，来到少林寺，希望能够交流九阳真经，竟然遭到

第五章 《倚天屠龙记》的阅读与赏析

127

了少林的拒绝，甚至不让张三丰进入少林门。作为江湖上第一门派，少林寺的做法，实在令人感叹，不但心胸狭窄，不辨是非，甚至为了前嫌竟然置生命于不顾，实在和名声不符。

总之，《倚天屠龙记》表面讲的是夺宝的故事，实际是探讨人性，思考正与邪、善与恶的标准。所以，有人把《倚天屠龙记》列为金庸最好的小说行列。认为"书中有的历史波涛，政治的风云，人性的激情汹涌跌宕，从小说的丰富性和复杂性来看，其实已经超过了三部曲中的前两部"[4]。

二、道家文化的展示

金庸笔下的武功，绝不仅仅是打斗的招式，常常蕴含深刻的道理，甚至是文化的精髓。比如他的第一部作品《书剑恩仇录》，陈家洛自创的"庖丁解牛掌"其名出自《庄子》。《射雕英雄传》中郭靖使用的"降龙十八掌"，其武功招式亢龙有悔、潜龙勿用、飞龙在天、见龙在田、龙战于野等直接从《易经》中借来。《神雕侠侣》中的"美女拳法"招式名称则出自古代历史、传说或文学作品中的美女故事。由于金庸善于将中国的文化融入武功之中，所以他作品中的武功、武术具有浓郁的文化气息和学理意蕴，令人玩味，这也是文化层次比较高的读者喜欢金庸作品的原因之一。《倚天屠龙记》更是将道家文化融入武功描写之中。特别是张三丰开创的武当一派更是触及了《老子》一书的精髓，成为《倚天屠龙记》主旨之一。笔者认为，《倚天屠龙记》列为金庸最好的小说行列，除去它基于人性的书写外，也与它对道家文化的描写与展示分不开。

1. 以柔克刚。作品第二回，写张君宝在师父觉远圆寂后独自上了武当山，孜孜不倦地研修九阳真经，其后又多读道藏与道家炼气之术，更有心得。

某一日，在山间闲游，仰望浮云，俯视流水，忽然想到老子所谓"柔弱胜刚强"、"物极必反"、"正复为奇，善复为妖"、"曲则全、枉则直、洼则盈、敝则新、少则得、多则惑"，又想老子所云："以天下之至柔，驰骋天下之至坚"、"天下柔弱莫过于水，而攻坚者莫能胜"、"物或损之而益，或益至而损"、"正言若反"、"玄德深矣远矣，与物反矣，然后乃至大顺"，因此悟出一套以柔克刚的拳理。正如老子所说："天下闻道大笑之，不笑不足以为道。"亦即《道德经》中所谓"将欲歙之，必固张之；将欲弱之，必固强之；将欲废止，必固兴之；将欲取之，必固与之；是谓微明。柔胜刚，弱胜强"。他在洞中苦思，七日七夜，猛地里豁然贯通，领悟了武学中阴阳互济的至理，忍不住仰天长笑。这一番大笑，竟笑出了一位承前启后、继往开来的大宗师。……创造出了辉映后世，照耀千古的武当一派武功。[5]

在这段文字中，金庸直接把《老子》的文字罗列在此，其目的不外乎是说，张三丰之所以开创"以柔克刚"的武当派功夫，是与《老子》的"人法地，地法天，天法道，道法自然"（浮云与流水），以及"柔弱胜刚强""对立转化"思想不无相关。所以，太极拳、太极剑深蕴着道家思想与文化。

2. 为道日损。第二十四回，写张三丰演示完太极剑法之后问道：

"孩儿，你看清楚了没有？"张无忌道："看清楚了。"张三丰道："都记得了没有？"张无忌道："已忘记了一小半。"张三丰道："好，那也难为了你。"过了一会，张三丰问道："现下怎样了？"张无忌道："已忘记了一大半。"[6]

这又让我们想到了《老子·四十八章》："为学日益，为道日损。损之又损，以至于无为，无为而无不为。"[7] 老子认为求学问需要天天积累，越积累知识越丰富。至于要认识宇宙变化的总规律或是认识宇宙的根源，就要逐渐减少自己的主观意识、思想观念。因为，人的主观意识、思想观念有时限性、局限性，在寻求真理的路上会成为障碍。所以，我们探求真理要逐渐减少自己的主观意识、思想观念。"剑招"就相当于人们的主观意识、思想观念。张三丰前后演示太极剑，招数不一样，而且再三嘱咐张无忌把招数都要忘掉，目的让张无忌把注意力放到"剑意"上，而不被"剑招"所拘囿。这样才能得其精髓，临敌时以意驭剑，乃至千变万化，无穷无尽。倘若尚有一两招剑法忘不干净，心有所碍，剑法便不能纯，也就不能达到从心所欲、无往不胜的境地。

3. 冲虚圆通。金庸说："这部小说的重点不在男女之间的爱情，而是男子与男子间的情义，武当七侠兄弟般的感情、张三丰对张翠山、谢逊对张无忌父子般的挚爱。"但也有人认为，《倚天屠龙记》中金庸不仅描写了惊天地、泣鬼神的同门之谊，也渗透着道家的冲虚圆通的智慧，主要体现在张三丰对武当门派的管理上。张翠山与殷素素的行为得罪了天下各大武林门派，如果听任徒弟们为了张翠山同生共死，无异于将武当派的百年基业拱手送给别人，所以张三丰对这种自杀性的情谊显然是不能允许的，于是他坐视张翠山自刎以谢天下。他的这一举动虽冷却了弟子们感情的热度，但也破坏了维系情感网络的道义原则，从而使系统面临崩溃的危险，于是他对中了玄冥神掌的张无忌表示了异乎寻常的关切，并降低身份回到早年自己被逐出山门的少林寺去向晚辈讨教。他这样做主要还是向弟子们做出一种姿态，表示了张翠山在他心目中的地位，结果成功地收获了弟子的心，宗派情感网络终于恢复了正常，体现了他的冲虚圆通之道。

4. 与世无争。《老子·第八章》中写道："上善若水，水善利万物而不争……夫唯不争，故无尤。"[8] 老子认为，世间的纷争多半是逞强、争名夺利的心理与行为使然，于是提出"处下""不争"的观念，它们是老子"柔弱"道理的另一种作用。"不争"并非是对自我、对一切人、对一切事物的放弃，也不是逃离社会遁入山林，更不是无所作为，而是有为，"利万物"但不妄为。这种"利万物"而不争的精神是一种伟大的道德行为，它可以消弭人类的占有欲，消除人类社会不平的争端。所以，在处世方面，道家强调处弱守柔，谦让退隐，不求闻达。张无忌没有政治野心，从来不想"身登大位"。虽然得到了宝刀宝剑，他也将其"拱手送人"，最后悄悄与爱人归隐。书中亦有反例——周芷若，野心膨胀，变成一个可怕的杀人狂，最终精神失常，可见金庸也借张无忌和周芷若两人的形象，从正反两方面肯定了老子不争与谦退的思想，否定了那些过分追求名利以致丧失本性的人。

三、典型人物的刻画

1. 张无忌。作品的主人公，关于这一人物金庸在后记中对其进行了概括与说明，为我们解读张无忌提供了线索和依据。

如前所述，作为"射雕三部曲"最后一部作品的主人公张无忌，这个人物形象和性格的设计与塑造，是与它前两部作品对照而来的，也就是说，它与郭靖、杨过是形成了一种对比。从文化上讲，郭靖是至刚至阳的儒家大侠，杨过则是深情狂放、率性而为的道家之侠，而张无忌似乎是介于二者之间，既是道家之侠，不愿受拘束，不愿意当官，没有政治野心，也似乎是儒家之侠，曾痛歼蒙古大军。但似乎又都不是，所以，从文化上来说张无忌难归类，更像我们普通人。金庸说他很少有英雄气概，原因在于他缺少吞天吐地的豪迈，当机立断的气魄，优柔寡断，拖泥带水，受各种环境影响较大。这一点和郭靖、杨过不大一样。郭靖大事儿说了算，从不含糊，小事儿一律听黄蓉的。有西狂之称的杨过，一直都是我行我素，很少受环境影响。爱情方面张无忌也是如此，对周芷若、赵敏、殷离、小昭这四个姑娘，他似乎更爱赵敏，也曾向周芷若这般说过，但在他内心深处究竟到底爱哪一个姑娘更多些？恐怕他自己也拿捏不准。杨过身边也美女如云，但他眼里只有小龙女，至死靡他，绝不犹豫。郭靖在黄蓉与华筝公主之间摇摆，不是因为他拎不清自己爱谁不爱谁，而是纯粹是出于道义。就像他对黄蓉说的，他心里只有黄蓉，对华筝只是因为有约在先，他必须去履行兑现他的诺言。所以，郭靖在爱情上也绝不含糊。金庸认为张无忌没有政治野心，做不了政治领袖。在他看来成功的政治家"第一个条件是忍，包括克制自己之忍，容人之忍，以及对付敌人之忍。第二个条件是决断明快。第三是极强的权力欲。张无忌半个条件也没有。张无忌一生重视别人的好处，宽恕（甚至根本忘了）别人的缺点。像张无忌这样的人，任他武功再高，终究是不能做政治上的大领袖。当然，他自己根本就不想做，就算勉强做了，最后也必定失败"[9]。张无忌的性格中，虽然少了一些英雄气概，但他于这个"侠"字，却发挥得很是充分。张无忌甘受灭绝师太三掌，在光明顶上奋身撑住六大派，不是求名，不是逞勇，只是觉得"应该做"。每当别人生命受到威胁时，他都毫不犹豫出手相助，哪怕对方是敌人。

金庸小说阅读与赏析

甚至他生平最恨的那个混元霹雳手成昆死了，他也有些可怜他，似乎盼他别死。生命对于像成昆这样罪大恶极、死有余辜的人来说，其价值并不比常人低。张无忌认识到了这一点，标志着他精神的升华，也是"侠之大者"的境界，所以，张无忌实则是一位充满生命意识的大侠。

2. 灭绝师太。灭绝师太是金庸为我们奉献的另一位血肉丰满的人物形象，是一位可怕、可鄙的人物。灭绝师太既是名门大派的掌门人，又是一位佛门的尼姑，按理来说应当是一位得道高僧了。可灭绝师太在金庸的笔下却成了一个另类异数，身为峨眉派的掌门人，却没有半点的菩萨心肠，无论是对敌对己，都毫不心软，的确担当起狠毒与冷酷的"灭绝"二字。

纪晓芙是灭绝师太的得意弟子，不幸被明教的杨逍抢走了，起初纪晓芙特别痛恨杨逍，因为他用暴力和威胁强奸了自己。后来在与杨逍相处时，她竟然爱上了杨逍，并生下了他们的女儿，给她起了个名字——杨不悔，言外之意，她并不后悔这段感情。纪晓芙知道自己的行为不会得到师父的原谅，因此隐姓埋名与女儿住在乡下。灭绝师太找到她，对纪晓芙说，只要她愿意回到杨逍的身边，并找机会杀了杨逍，那么就可以原谅她背叛师门的大罪，还将封她为峨眉派的继承人，将来执掌峨眉派，否则就马上处死她。纪晓芙没有答应师父的要求，于是灭绝师太将纪晓芙立毙于掌下。六大派围剿明教的光明顶，经过激战明教众人宣布失去了战斗力，成了俘虏。正派的少林、武当的高手们觉得再向没有抵抗力的敌人举起屠刀，未免有违江湖规矩。只有灭绝师太是个例外，仍旧挥动那把锋利无比的倚天剑，向明教的俘虏砍下去，砍累了，就命令手下徒弟照她的法子惩罚俘虏。弟子摄于师父的威严，不得不向明教俘虏砍下去，静玄杀得手也软了，回头对师父说这些人刁顽得紧，言外之意是向师父求情。灭绝师太全不理会，还说先把每个人的右臂斩了，若是倔强到底，再斩左臂，残忍冷漠得让人毛骨悚然。哪怕是对自己，也从大都万安寺塔上跳下，决不接受张无忌半点恩惠，落地摔死，灭绝了自己。灭绝师太的这些灭绝行为，要么出自她认为对方是"邪恶"之徒，要么出自她为了某种目的"理所当然"。不论是出自哪一个理由，都可以看出灭绝师太在灭绝他人和自己时毫不犹豫、毫不留情的决绝，其心狠手辣、残忍冷漠得让人不寒而栗。

更可怕的是，灭绝师太打着正义的旗号，口口声声宣扬侠义正义，让弟子对敌人绝不留情，时刻坚持正邪两立的原则和立场。似乎是为了侠义、为了正义就可以快意杀戮，不用讲什么人情道理。事实上，灭绝师太宣扬的为了侠义正义必须和魔教斗争到底的做法另有隐情与私心——为自己师兄、同胞兄长报仇。按照她的说法，孤鸿子也是一位武林高手，他去找杨道比武，敌不过杨道受了伤。对于这次失败，孤鸿子耿耿于怀，回家后竟给活活气死了。比武胜败乃是兵家常事，这次输了，找出失败的原因，下次赢回来就可以了，即便是下次又输了，这也正常。一个人武功强弱，关系天赋机缘，勉强不来的，这些道理武林中人人明白，可是孤鸿子竟至于活活气死，可见其心胸的狭隘与性格的偏执。二是金毛狮王谢逊杀了她的同胞兄长、河南开封的武林高手金瓜锤方评。也就是说，灭绝师太在对明教心狠手辣灭绝时，不仅仅由于他们是"魔教"，更主要的原因还是她为师兄和同胞兄弟复仇。为了一己之利，把整个峨眉派都作为自己复仇的工具，这很难说是正义。而且在灭绝师太看来，只要能够复仇，什么手段都可以用，武林中恪守的江湖规矩也不必讲究。她让纪晓芙去杀杨道，显然就把人伦纲常、江湖道义置于脑后，她向纪晓芙许愿，一旦杀死杨道就封纪晓芙为新一代掌门人，全然不顾纪晓芙犯过重大过失。复仇就是灭绝师太的人生目标，只要能复仇，即使压上整个峨眉派的身家性命也在所不惜。甚至为自己的私欲，还要卑鄙地加上冠冕堂皇的理由："但纵是如此，亦不足惜。百年之前，世上又有什么峨眉派，只需大伙轰轰烈烈地死战一场，峨眉派就是一举覆灭，又何足道哉。"这冲天的气势豪情，慷慨赴死的精神，听起来不是让人感动，而是令人厌恶、恐怖！因为她明明是以权谋私，让那些无辜之人去为自己的私利充当炮灰，却还假借正义之名粉饰自己卑劣肮脏的行径。灭绝师太说她平生愿望，第一是驱除鞑虏光复汉家河山；第二是峨眉武功领袖群伦，盖过少林武当成为中原武林中的第一门派。听起来令人肃然起敬，但她的行为却与她的口号相距甚远。她并未放弃私怨与明教结成统一战线共同驱逐鞑虏，也没有正大光明地去光耀门楣，而是以自己卑劣手段逼迫周芷若用美人计实现自己的目的，所以灭绝师太的"灭绝"二字实在令人玩味。

灭绝师太这个人物形象让人难忘，她生动形象地诠释了金庸的正邪标准的思想。灭绝师太是正派的掌门人，如果仅凭她对外宣扬的口号，我们很可能断定她就是一个正派人物，但实际上她却是一个泯灭人性，邪恶得让人不寒而栗之人。因此判断一个人既要听其言，更要观其行。用语言、旗号粉饰自己，到处招摇撞骗，这样的人在我们身边不是没有，而是大有人在。所以，灭绝师太这个形象极有认识、教育意义。

3.周芷若。周芷若是一位工于心计、处事精明、意志刚强、不甘平庸、野心巨大、阴邪毒辣、性格复杂的人物。刚出场时她是一个容颜秀丽、楚楚可怜、漂亮懂事的小姑娘。虽然衣衫敝旧，赤着双足，是个船家女，但容颜秀丽，十足的美人坯子。周芷若不仅美丽而且懂事。她自己父亲刚刚去世，心中有巨大的悲痛，但她却主动地照顾生命垂危的小无忌，喂饭给他吃，并劝他说："小相公，你若不吃，老道长心里不快，他也吃不下饭，岂不是害得他饿肚子。"小小年纪明白事理，让人心生好感。

多年之后，周芷若成为峨眉派弟子。她由于自己头脑清楚，明白自己的目标，再加上勤奋刻苦、意志刚强、处事精明、工于心计，在众多峨眉弟子中脱颖而出。"脸上飞起两片红晕，再点缀着一点点水珠，清雅秀丽，有若晓露水仙。"从张无忌的眼中，我们可以感受到此时的周芷若更加美丽，她超凡脱俗的容貌令情敌赵敏心中也暗暗羡慕，而武当派弟子宋青书对她更是死心塌地。此时她不仅外表美丽，行为也很斯文，最主要是工于心计。用文中殷离的话说："她小小年纪，心计如此厉害。"比如，她假装受了重伤，让丁敏君扶她离去，于是一场生死就被她巧妙地化于无形。光明顶上，她借着向师父请教的机会，大声讲述易理常识让场中激战的张无忌耳闻，张无忌按照周芷若说的易理知识调整步伐，战胜了对手。

再之后就是周芷若当上了掌门人，被师父逼着发下重誓："我若和你结成夫妇，我亲生父母虽已死在地下，尸骨不得安稳；我师父灭绝师太死后必成厉鬼，令我一生日夜不安，我如和你生下儿女，男子代代为奴，女子世世为娼。"[10]这一"重誓"成为她一生的枷锁，她由此变得阴邪毒辣，野心极具膨胀。为了光大峨眉派，周芷若先是利用张无忌偷了屠龙刀和倚天剑，然后嫁祸赵敏，这既可以取得秘籍，又可借张无忌之手杀掉赵敏，做得巧妙，一箭双雕。随后，又利用宋青书，假意与他结婚，逼他也练成了九阴白骨爪，两人用这阴邪武功，战胜了各大门派，大显身手，成为武功天下第一。遗憾的是，她的这种厉害的下乘功夫最终还是被一个黄衫女子打败。不但没有领袖武林，当上"皇后"，还让自己精神失常，甚至发疯。

张无忌曾对她说："我只盼驱走鞑子大事一了，你我隐居深山，共享清福，再也不理这尘世之事了。"周芷若道："你是明教教主，倘若天如人意，真能驱走了胡虏，那时天下大事都在你明教掌握之中，如何能容你只享清福？再说，我是峨眉掌门人，肩头担子很重，师父将这掌门人的铁指环授于我时，命我务当光大本门，就算你能隐居山林，我却没有福气呢。"[11] 她又对张无忌说："你怎能亲身冒险？要知道咱们大事一成，坐在这彩楼龙椅中的，便是你张教主了。"韩林儿拍手道："那时候啊，教主做了皇帝，周姑娘就是皇后娘娘。"只见"周芷若双颊晕红，含羞低头，但眉梢眼角显得不胜之喜"。[12] 这段文字活化了周芷若的野心，不但自己不肯放下手中掌门人的权力，而且还力劝张无忌也不要放弃，甚至希望他坐上龙椅，自己借此当个"皇后"。

总之，无论是为了让自己在峨眉派中立稳脚跟，还是为了让自己当上统率武林的皇后，周芷若虽爱张无忌，但关键时候也是该伤则伤，该骗则骗，待美梦落空之后，她又去找了宋青书。也就是说，无论之前的张无忌，还是后面的宋青书，都是她实现峨眉统领群雄的手段、棋子。只可惜，她的愿望不但没有实现，还差一点精神崩溃。究其原因就是她对权势过于贪婪，终于走上了"贪心不足蛇吞象"的结局。

4.谢逊。谢逊是一位让人觉得恐怖，又可怜、可敬的人物，是一位勇于自救与自赎的大侠。他身材魁梧高大，一头金发披肩，眼睛碧光油亮，手提一根一丈六七尺长的两头狼牙棒。此人的长相显然不像是普通的中国人，也不像正常的人，倒像是鬼蜮来的人物，或许是魔鬼和天使的奇妙混合体。他的声音也很恐怖，只要他一声野兽般的长嚎，整个岛域上的武林人物都会受伤变痴。更可怕的是,他13年来只与禽兽为伍,只相信禽兽,不相信人类,13年来他杀的人比杀的禽兽多。

谢逊之所以成为滥杀无辜的大魔头,源于家庭的惨剧。10岁的时候,他拜"混元霹雳手"成昆为师在其门下学艺,23岁时离开师门,远赴西域,娶妻生子,成为明教四大护教法王之一。28岁时,他父母、妻儿、弟弟妹妹全家13口被自己的师父杀害,而且师父还奸污了他的妻子。从此他只能为复仇而生,再也找不到可信赖可依靠的目标和对象。起初他打不过师父,复仇不成还伤了自己,后来他练成了七伤拳法,但成昆却无影无踪。愤怒冲动下,滥杀无辜,制造血案,并写下杀人者混元霹雳手成昆的字样,企图逼他师父出来应战,甚至因愤怒激动,打死前来劝解的空见大师,一个灭绝人性的杀人魔王诞生了。也就在打死空见大师的时候,惶恐、悔恨、悲伤将他的精神彻底击毁、粉碎,终于心理失常。

令其从疯狂魔性中走出的是张无忌降生时的第一声啼哭,唤醒了他父亲的本能,特别是得知殷素素让儿子无忌认他为义父,并改姓为"谢"时,喜极而泣。既想抱抱小无忌,又怕自己模样吓着他,这一细节充分体现出他那感人至深的父爱。旷野中那番纵情大笑,不仅彻底消除了他对张翠山夫妇的毁目之仇,而且也将十几年来,一直淤积于心的仇恨、

金庸小说阅读与赏析

愤怒和悲伤做了一次畅快淋漓的发泄。从此，谢逊开始重新做人，开启了他忏悔的人生。首先，表现在他对调皮捣蛋的小无忌百般呵护，在他8岁的时候又将自己一身高深的武功倾囊相授，甚至强制性地囫囵吞枣般地灌输。其次，张无忌改变了谢逊的生活目标——复仇，他不再想屠龙刀中的秘密，而是一心一意地关注、观察、探索大海的风向水流，目的是要把他的无忌儿子送回大陆，让他在正常的环境中过幸福生活。再次，为了无忌的幸福他坚持把无忌姓氏由"谢"改为"张"。对无忌的爱，既是他人性的复归，亦可看出当年亲人被杀时，他情感和心灵所受到的伤害和打击，以及突变为疯狂杀害人类的野兽魔头的缘由了。第四，就是来到少林寺，听到了渡厄、渡劫、渡难三位少林高僧的佛家经文，谢逊真心忏悔。一则对自己念念不忘、恨之入骨的大仇人成昆，只是伤了他的眼睛，并未将他打死。二是当着天下英雄的面真心接受被害者亲朋好友对自己的辱骂与复仇，此时的谢逊堪称真正的大英雄。

谢逊的忏悔并非始自他来到少林寺，在冰火岛上讲述他自家所遭到的惨祸、自己滥杀无辜的罪孽、打死空见时的后悔，他的忏悔已经开始了。新生婴儿张无忌的啼哭则唤醒了他的父爱，他的良心渐渐恢复，忏悔之心萌生。如果没有前期的心理准备，就不会有谢逊在短短几个月内的幡然醒悟。谢逊的故事不是佛教的故事，是有关人性和良知的故事，他是金庸提供的又一类型的大侠，是一位勇于承认错误、真诚忏悔的大侠。

倪匡说："他就是这样，什么都超越平常人之所能，似乎金庸有意创造的，不是一个普通英雄好汉，而是一个近乎神话式的英雄，像希腊神话里盗火的普罗米修斯、像古代中国神话射日的后羿，那些不顾后果，胆敢向诸神挑战的英雄。"[13] 覃贤茂说："谢逊的粗犷狂暴中最能体现生命原始张力的美感，像青铜塑像一样厚重苍茫，悲壮雄浑，他有着最深切惨痛、涕泪纵横的生命体验，一种痛楚和粗鲁折射出对人生最真实的爱和失望。渴望生活的炽热内在情感，使谢逊的境界脚踏痛苦而提升。"[14]

5.宋青书。宋青书是一个外表英俊，华而不实，软骨头的叛徒。这个人物形象的意义与价值在于揭示了中国父母"怜子情感"的危害，生动再现了"惯子如杀子"的道理。

"怜子情感"即对子女的怜爱溺爱。中国许多父母对于子女多为溺爱、怜爱，就像对宠物一般，这种情感很难培养出顶天立地的男子汉。本来像宋远桥那样的君子之侠，对子女训练方式是有可能突破怜子的伦理观念，但实际上他一直把儿子当作温室里的花朵娇生惯养，使其丧失了应付任何政治考验的能力。宋青书不仅背叛了武当派，而且还同意给陈友谅当特务，表现了人格上的堕落。这说明，儒家血缘伦理情感之强劲，哪怕是宋远桥一样的大侠也无法冲破。

怜子情感并不始于《倚天屠龙记》，在之前的《神雕侠侣》中金庸就开启了这一方面的描写。在黄蓉的溺爱下，郭芙变成了浅慧鲁莽之人。到了《倚天屠龙记》，由于父母的怜爱溺爱，宋青书不仅仅性格智慧缺陷，还有人品的缺失了。之后的《侠客行》也是一部以怜子情感为主题的小说。在石清闵柔夫妇的溺爱下，石中玉也成了一个轻浮的浪子，更具讽刺的是，由于一味地、无理性地溺爱，以致石清闵柔夫妇自己也丧失严肃管教儿子的能力。于是我们看到闵柔听说要把孩子交于他人管教时，竟流泪伤心，担心从小娇生惯养的儿子不会煮饭烧菜，想继续跟在他身后当"保姆"！金庸借郭芙、宋青书、石中玉的形象塑造，不仅仅渗透着他的家庭教育的理念，也蕴含极强的生命意识，让我们看到了血缘伦理这种民族情感对生命的扭曲，饱含着浓厚的忧患意识和民族情感伦理自新之路的寻找。

注释

[1] 金庸.倚天屠龙记 [M].广州：广州出版社，2008：1390.

[3] 金庸.倚天屠龙记 [M].广州：广州出版社，2008：306.

[5] 金庸.倚天屠龙记 [M].广州：广州出版社，2008：64—65.

[6] 金庸.倚天屠龙记 [M].广州：广州出版社，2008：64.

[9] 金庸.倚天屠龙记 [M].广州：广州出版社，2008：1433—1434.

[10] 金庸.倚天屠龙记 [M].广州：广州出版社，2008：1071.

[11] 金庸.倚天屠龙记 [M].广州：广州出版社，2008：1164.

[12] 金庸.倚天屠龙记 [M].广州：广州出版社，2008：1173—1174.

[2] 傅国涌.金庸传 [M].北京：北京十月出版社，2003：177.

[4] 孔庆东.金庸评传 [M].郑州：郑州大学出版社，2005：130.

[7] 陈鼓应注译.老子今注今译 [M].北京：商务印书馆，2015：250.

[8] 陈鼓应注译.老子今注今译 [M].北京：商务印书馆，2015：102.

[13] 倪匡.金庸笔下的男女 [M].长春：时代文艺出版社，1999.

[14] 覃贤茂.金庸人物排行榜 [M].北京：农村读物出版社，2005：241.

第六章 《连城诀》的阅读与赏析

一、"和生"的故事与作品主题

《连城诀》创作于 1963 年，是为《明报》和新加坡《南洋商报》合办的一本随报附送的《东南亚周刊》写的，原名《素心剑》，后改名《连城诀》。《连城诀》在金庸小说的创作中是一个有趣的文学现象，学界普遍认为它的艺术价值不高，但却是金庸小说美学不可或缺的一环。文学的审美取决于情感的愉悦与思想的震撼。愉悦并非是指高兴，而是泛指情感的激荡。或许由于这部作品的内容与思想上更深入，换句话说，作者只顾倾泻内心情感与对人性的感受与认识，反倒疏忽了艺术上的匠心。对人性的揭示成为这部作品的主旨取向，它以人性恶为底蕴，叙述了一个反乌托邦、反浪漫的故事。

金庸在《连城诀》的后记中说，他写《连城诀》是为了纪念他幼小时对他很亲切的一个老人，是他儿时埋藏心底的和生的故事发展出来的。和生的姓氏，金庸不清楚，只知道他叫和生。和生在他家的地位很是特殊。他不是主人，是长工，但金庸的父母对他很客气，从不让他去干重活，只是在家干一些零碎的杂活，比如扫地、抹尘，或接送孩子们去上学堂。遇到下雨或下雪的天气，和生总是抱着金庸上学，在金庸的记忆里他是一个非常和善的老人。有一次他得了毛病，以为自己不能好了，就把自己的经历告诉了金庸。原来和生的未婚妻很是漂亮，地主的儿子看上了，就乘夜里无人的时候把和生打晕，并在他的身边放了很多的金银珠宝，栽赃陷害，说他偷了别人的珠宝，和生就被抓进了监狱。两年后才释放了出来，父母气死了，未婚妻被地主的少爷娶走了。和生出狱后得知真相，就在身上藏一把尖刀，在街上遇到了地主的儿子，就把他刺成了重伤，但是他也不逃跑，又被抓进监狱。地主家凭借自己的势力和钱财买通了县官、狱卒，想把他害死在狱中，以免和生出来再去他家寻找麻烦。金庸的祖父查文清到丹阳做知县，他在审和生案子时，发现和生是受了冤屈的，但他行凶杀人也是事实，所以，并没有贸然把他释放。"丹阳教案"发生后，查文清辞职，离开时就悄悄地把和生带回家。从此，和生就和金庸他们一家人住在一起。金庸当时很小，但也知道和生是受了冤屈的，他的驼背就是在狱中生生被打残的。后来的人生，更使金庸对人性有了深刻的体验与认识，于是创作《连城诀》时就把他对人性的认识汇聚到笔端，将善良老人冤屈受难的故事生发出一部探究人性险恶的作品。

和生的故事给金庸以启发，但是《连城诀》绝不是照搬和生的故事，而是在此基础上的虚构和文学创作，远比和生故事丰富深入得多。就故事内容来讲，《连城诀》也写了三对青年的爱情：狄云和师妹戚芳、丁典和凌霜华、"铃剑双侠"，都以悲剧结局，有情人未能成为眷属，表现了爱情的脆弱。爱情的描写不是重点，重点是描写戚长发、万震山、言达平三人及道貌岸然的翰林知府凌退思，为了武功秘籍"连城诀"，要么联手害死师父，要么师兄弟三人之间没完没了、你死我活地明争暗斗，要么不惜牺牲女儿的幸福与生命的丑恶与罪孽。最后，在宝藏面前，"他们个个都发了疯红了眼，乱打乱咬乱撕……"这部作品让我们想到了巴尔扎克的《高老头》，不遗余力地揭示人性的丑恶以及物欲对人的异化。金庸的《连城诀》也是如此，集中笔力对贪婪自私、忘恩负义、阴险狡诈的丑陋人性进行展示、否定与批判。这一主旨真正实现了由武学向人学的转折。因为，之前的九部作品，金庸为了让那些大侠真实可信，笔下也涉及了对大侠们的人情与人性的描写，尽可能地使之有情有义，血肉丰满，不干瘪。如陈家洛的嫉妒，郭靖的愚钝，杨过的跳脱，张无忌的拖泥带水。这些对性格和人性的缺陷或不足的描写，丰富了大侠们的人物形象，但作品的主要描写对象不是人性。《连城诀》则不然，人性已成为作品的主要内容，是作品书写的中心，并借对人性的描写对侠的形象也进行了解构。

《连城诀》对人性的描写主要从三个方面进行：1.父女血缘亲情的退场。戚长发和凌退思，他们作为父亲，为了得到"连城诀"剑谱，前者置女儿生死不顾，后者竟然将女儿活埋。简直是衣冠禽兽。2.师徒之情的荡然无存。首先是戚长发三师兄弟，联手杀死了自己的师父，其次就是戚长发对自己徒弟狄云一而再，再而三的欺骗。3.同门之谊的消遁。如前所述，金庸只要涉及手足之情，同门之谊都要进行笔饱墨酣、淋漓尽致的书写。所以《书剑恩仇录》中红花会十四位兄弟之情，《倚天屠龙记》中武当七侠之谊都感人肺腑。可是万震山、戚长发、言达平虽也是同门师兄弟，但他们根本就不讲什么同门情谊，反而长期处在尔虞我诈、明争暗斗中，一个比一个残忍。万震山，把人砌到墙里，言达平用毒蛇咬自己的师侄，戚长发杀死自己两个师兄，还要杀死自己的徒弟。所以，孔庆东说："这是人类文学史上一部深掘人性底蕴的奇书，越读越惊心动魄，最后不敢再读下去了，把人写得非常可怕。"[1]金庸是武侠小说的大家，能在以叙事见长的武侠小说中，深入挖掘和展现人性，实为难能可贵。

"当然，在这部小说中，金庸对侠和人性的理解自然不免偏激，但也恰恰说明了，金庸作为严肃的文学家独立思考的开始，小说的转折就在此。"[2]

《连城诀》能实现对"人的文学"的转折，最主要的还是与金庸的审美追求分不开。金庸表示："武侠小说本身是娱乐性的东西，但我希望它多少有一点人生哲理的东西，我个人的思想，通过小说可以表现自己对社会的看法。""一个人在世上，什么亲人都不要，不要师父、师兄弟、徒弟，连亲生的女儿也不要顾，有了价值连城的大宝藏又有什么快活。"这是金庸对快乐的体验与认识，金钱带不来快活，没有了亲情也就没了真正的快乐。《连城诀》在金庸的十五部作品中获得了非凡的价值与意义。

二、人物的刻画与塑造

1.狄云。关于狄云，学界上有不同的看法与界定。有的人认为他是平民英雄，也有的人认为他是有着英雄气质的苦难青年。笔者认为，他既不是英雄也不是大侠，就是一个蒙冤受难的普通人。所谓英雄，是指有抱负，不畏艰险强暴，为民族或先进阶级的利益做出重大贡献的人，侠则是指帮助弱小的人，不求回报，路见不平拔刀相助。英雄和侠的根本区别，前者是为民族或先进阶级，后者是为他人。二者之间的相同点，都有一种超越现实的神性。以此，我们看狄云，从出现一直到最后，无论是他的人生追求，还是他日后的行为都与英雄和大侠无缘。他只希望与师父师妹一起过着恬静的生活，既没有建功立业闯荡江湖的野心，更不要谈什么为国为民。有人说，狄云具备英雄或大侠的品质与精神，比如他不怕死，很勇敢，富有正义感，急人之所急，遇到危机也能奋不顾身，甚至重诺，讲信义，爱憎是非分明，任何条件下都能坚守自己的原则等，如果生活给他机会，或许他能成为大侠和英雄。

问题恰恰出现在这里，生活是不能够假设的，是靠自己创造的。那么无论是主观上还是客观上，狄云都没有侠义的想法与行为，那么界定其为大侠就不免有些牵强。所以笔者认为，用大侠或英雄来形容狄云这个人物是不合适的，他就是一个不断蒙冤受难的普通人，这也符合金庸选材时的心理预设，因此小说中对武功的描写不多，行侠仗义的笔墨也不够浓郁，更多的是对狄云蒙冤受难的书写与叙述，他的蒙冤受难也恰恰折射了人性之恶。换句话说，狄云这个人物形象承载着作品的苦难书写与人性的揭示与批判的主题。

"冤"包括冤枉、冤仇、上当、欺骗。以此看狄云就是"冤"的代名词，他人生写尽了冤枉、冤仇、上当和欺骗。狄云最

金庸小说阅读与赏析

大的"冤"就是摊上了戚长发这么一个师父，因为他把狄云选为自己的徒弟，并不是为了传授他神奇的武功，而是为了满足自己的私欲，处心积虑地物色了这个单纯的农家弟子，来充当自己阴谋的工具，所以他教给狄云的根本就不是武功，狄云一直被他蒙在鼓里上当受骗，还将他当作德高望重的师父来尊敬。最明显的"冤"就是万震山及其儿子万圭设下圈套除掉戚长发之后，又来陷害狄云。一个夜晚，万震山的小妾桃红惊叫起来说有盗贼，狄云赶去抓贼，反被说成强奸、盗窃下入大牢。狱中的狄云身心受到了骇人听闻的残害，他右手五指在入狱前就被割去了，到了牢房里，挨板子毒打，接着又被用铁链从肩胛的琵琶骨穿过，他的恋人戚芳成为仇人的妻子，这与和生的经历何其相似！苦难一个个接踵而至：万震山徒弟的围攻；遇到吃人的恶僧宝象；被"铃剑双侠"误认为坏人；纵马踏断大腿骨；被血刀老祖认为是徒孙受到群侠的围攻；被花铁干刀剑刺中胸口；甚至还被自己的师父在背后偷袭。狄云这一生不断地被人陷害，被人误会，被人残害。而处心积虑制造这些灾难，无情将他推入人间地狱的恰恰是他的师父、师伯、师兄弟。他们之所以有如此行为，不外是为了"连城诀"，为了满足一己之欲，便极尽欺师灭祖、忘恩负义、阴险狡诈之事，让人不寒而栗。

总之，狄云在文本中遭受的苦难、承受的冤屈之多之重之惨烈，让人震惊。因此，学界也有人认为，苦难叙事是《连城诀》的主题。

狄云这一人物形象在金庸作品中的意义与价值确实非同寻常。首先，标志着金庸武侠小说价值取向的转变，由具有神性的英雄大侠向充满人性的凡夫俗子转变，由对侠的钟情到对侠的怀疑转变。其次，从文化意义上讲，狄云的出现标志着金庸笔下的侠由文化意义上的侠，向生活意义上转变。"文化意义上的侠诠释崇高、利他为本，生活意义上的侠，有血有泪，但匮乏崇高。作为反武侠的力作，《连城诀》中的狄云始终不改平民本色，纵然最后练就绝世神功，克服了朴实鲁莽的性格，但在丑陋咆哮、暴力横行的江湖世界，他始终是局外人，始终秉持乡下人的憨直本性。这样的主人公，我们无法冠名以大侠。"[3]

2.花铁干。花铁干与陆天抒、刘乘风、水岱并称"南四奇"，因其四人姓氏与"落、花、流、水"谐音，故江湖上又将四人合称"落花流水"，不无戏谑之意。花铁干在四人中排第二，是江西鹰爪铁枪门的掌门，人称"中平无敌"，以"中平枪"享誉武林，身怀"岳家散手"。平时花铁干为人虽然阴狠，但一生行侠仗义并没有做过什么奸恶之事，所以和陆、刘、

金庸小说阅读与赏析

水三侠相交数十年，情若兄弟。也就是说，花铁干曾是真正的大侠，只是后来在藏边雪谷与血刀老祖大战，他的性情与人格发生了急剧变化。由正派行侠仗义的大侠变成了反派的邪恶之徒。

"南四奇"之所以和血刀老祖大战于藏边雪谷，是因为水岱的女儿水笙被血刀老祖掳为人质，"南四奇"只好联袂追踪到了藏边。四人齐战血刀老祖，原本胜券在握，但由于发生了雪崩，胜负发生了逆转。先是花铁干急于求成，失手刺死了结义弟兄刘乘风，虽然无人怪罪他，但在与强敌打斗中，误杀自己的队员无疑是不利的因素，花铁干痛苦自责，心神恍惚不宁，战斗意志不再专一，身心大受挫折，豪气霎时间消失得无影无踪。之后，血刀老祖用诡计杀了陆天抒，斩断了水岱的双足，又残忍地折磨水岱，此时的花铁干早已吓得魂飞魄散。虽然水岱已看出血刀老祖内力垂尽，强弩之末，不停地催促花铁干与之相斗，但花铁干无丝毫斗志，"一心一意只想脱困逃生，跪下求饶虽然羞耻，但总比给人在身上一刀一刀地割要好得多"[4]。于是，花铁干缴械投降，跪地求饶。苟活下来的花铁干，性情人格的改变几乎是在突然之间发生。"只今日一枪误杀了义弟刘乘风，心神大受激荡平生豪气霎时间消失得无影无踪，再受血刀僧大加折辱，数十年来压制在心里的种种卑鄙龌龊念头，突然间都冒了出来，几个时辰之间，竟如变了一个人一般。"[5] 为了保命，他竟然要生吃结义兄弟的尸体。为了保名，他欺凌弱者，颠倒黑白，污蔑狄云和水笙淫邪私通，以遮掩丑行。最后，花铁干因贪图天宁寺"大宝藏"而在佛像背后与一群江湖豪客变成了野兽一样，疯狂抢夺宝藏，最终被珠宝上的毒药送掉性命。

花铁干是金庸为读者奉献的又一典型人物形象，是一个由"超我"急剧转为"本我"的形象，具有极强的认识价值与审美价值。某种程度上讲，花铁干的性格转变更让读者惊心动魄。它让我们看到了人性的复杂性的同时，更让我们看到了被正常秩序压抑的人性本能（本我），只有在特殊情况下才得到解放、骤然爆发。所以，我觉得金庸之所以清晰刻画、再现了花铁干的心理流程，实际是借花铁干精神心理崩溃的过程来破译人性，勘探人在一个极致的环境下的可能性。同时也是对社会中普遍认可的文化道德的一种反思。促成花铁干心理人格陡转的，除去他迷迷糊糊之间的求生欲望、贪生怕死之外，也与他秉承道德理念相关。"血刀僧凝聚身上仅有的少些内功，点了花铁干灵台穴后也双膝慢慢弯曲坐倒在地。花铁干看到这般情形，心下大悔：'水兄弟说得不错，这恶僧果然已真气耗竭，早知如此，我一出手便结果了他性命，又何必吓成这等模样？更何必向他磕头求饶？自己是成名数十年的中原大侠，居然向这万恶不赦的老淫僧屈膝哀恳，这等贪生怕死，无耻卑鄙，想起来当真无地自容。'"[6]一方面无地自容，又一方面要活下去，只能从此破罐子破摔了。于是长期被压抑的种种欲望和恶念突然加倍发泄释放，刹那间变得面目全非了。贪生怕死是人之常情，更何况花铁干是在心智失常，又被血刀僧成功催眠的情形下跪地求饶，算不上卑鄙无耻，可以原谅。但在花铁干所秉持的价值观念和文化传统中，从来就不曾有过对人性弱点的宽容，常常是把人之本能的求生欲望当成道德的堕落，可耻的叛变。所以，花铁干迅速蜕化变质与其说他天生是坏种，不如说是受到自身的道德传统的严重压迫所致。这种将人性与道德混为一谈的做法及业已形成的牢固的道德秩序，不但不能有效地帮助花铁干度过生死难关，反而成了一种催促其自我毁弃的强大推力，不能不引人思考，这或许正是《连城诀》真正的价值和意义所在。

3. 水岱。水岱是"南四奇"之一，外号"冷月剑"，水笙之父，汪啸风的舅父。他是铮铮铁骨、宁死不屈、豪气干云的大侠。这个人物的价值与意义在于：一是与花铁干形成对比，揭示意志的重要性。处于同样的境况下水岱虽然双腿齐断，但心神未伤、斗志未竭，遭受血刀僧的痛苦折磨，始终意志坚定、宁死不屈。花铁干正好相反，身体完好而斗志先折，求生之念彻底模糊了他的心智。他的求生之举与水岱最后的求死结局，不但相互对照，而且恰恰形成因果。也就是说，花铁干虽然混迹江湖，也曾历经各种各样的生死情状，但真正到了生死考验的关头，还是暴露了自己意志薄弱之处，终于功亏一篑，从此改变了人生面貌，最终也无法与一向齐名的水岱相提并论。作者的这种写法，不但大胆新奇，而且深刻真实。花铁干的意志崩溃，说到底是人性弱点，世界上当然有视死如归的英雄，但对死亡的恐惧，毕竟是大多数人的共同特征。花铁干的如此表现，说明他虽是大侠，却还是一个凡人，而作者这样写，只不过是让我们看到并不是所有的大侠都名副其实，更不是所有的武林中人都毫不犹豫地舍生忘死。二是构成花铁干性格扭转的极端情景。水岱先是被雪刀老祖在雪谷中砍去双腿，之后又被血刀僧削去左肩半片，再之后右肩上砍一条深痕。鲜血、残忍、惨状、恐怖构成了花铁干眼前的情景，彻底摧毁了他的意志和判断力，使花铁干人格刹那间发生陡转。

4. 血刀老祖。西藏青教"血刀门"第四代掌教，身怀血刀内功和刀法。血刀老祖身穿黄袍，年纪极老，脸上都是皱纹，凶悍诡诈，心狠手辣，武功高强却又逞凶嗜杀，是一名极恶凶悍的反派人物，也是这部作品塑造得最成功的形象。成功就在于金庸没有将他这个大恶人脸谱化，而是将他作为人来塑造。一是突显他的恶得磊落，坏得光明；二是突出他的神勇能力。为摆脱江湖各门派围追，绑架"南四奇"中水岱的女儿水笙为人质，遭雪崩而暂时脱险。血刀老祖带着狄云和水笙一路西逃，敌人愈来愈多，但他毫不畏惧。在藏边雪谷里与"南四奇"进行了一场恶战。他一个人用武功、用诡计、用阴谋、用催眠术，竟然将威震江湖的"南四奇"打得"落花流水"。血刀老祖这个形象的意义，就是让我们看到人性是复杂的，恶人也有他的过人之处。

三、作品的艺术特色

1. 崇高的退场与价值的错乱

江湖是武侠小说建构的一个理想王国，它远离世俗王权，宗教束缚，是独立于主流世俗社会的乌托邦世界。在这个世界当中另有自己的一套行为准则与价值规范。侠客们凭借神奇的武功，铲平邪恶，伸张正义，维护人间的公正平等，处处可见侠义、正义与忠义。侠客们的行为让人感佩，他们的精神给人以净化与升华，具有浓厚的道德感和崇高性。反观《连城诀》则不然，文本中的人物不论是正派还是反派，他们的言行举止、情操人格，让我们感受不到崇高。正义、侠义、忠义空洞，卑鄙在场，背信弃义降临。西藏青教"血刀门"的众恶僧为获得宝藏而啸聚中原，作恶多端，中原大侠们却无力或无心惩恶，反倒加入夺宝的行列。"'盗之恶'虽令人发指，却无损于人们对大侠、对江湖的想象与神往，但'侠之恶'宣布的则是这种浪漫情结的终结。"[7]相较于"血刀门"的赤裸裸为恶，正派更是虚伪、阴险、毒辣。万震山师兄弟三人利欲熏心，天良丧尽。他们为抢夺"连城诀"剑法，长期处于明争暗斗、尔虞我诈状态，最后大打出手，刀兵相见。万震山率先出手，将戚长发除掉后砌入书房夹墙，他一到半夜三更就梦游砌墙，情节令人极度厌恶、恐惧；戚长发遭大师兄暗算死里逃生，对外佯称已被杀死，自己藏身暗处以静制动，其狡诈阴险也令人发指；言达平则为寻找剑谱一直乔装改扮、伺机而动，后来还在戚长发住处盖起大屋，编造谎言雇用乡民在屋内深掘大坑寻找剑诀。这三人为了一个"连城诀"剑法，可谓处心积虑，机关算尽，无所不用其极。

因为崇高的退场与价值的错乱，在《连城诀》中，师徒伦理、血缘伦理也呈现了其极丑的一面，达到了文学描写的极致。对作品表现的师徒关系，有的研究者干脆归之为"零伦理"，并称该作是"金庸小说中展现师徒伦理关系最令人绝望和恐惧的一部"[8]。比如，梅念笙因窥破三个徒弟心术不正，传授剑法时故意用花招虚式引他们误入歧途，上行下效，万震山、戚长发在授徒之时也如法炮制，"或有意或无意地，引他们在歪路上走得更远，更加好看，更加没用"[9]。不仅如此，三个师兄弟更是做下弑师父、害同门的无耻恶行。除了耿直的狄云，他们的弟子也上行下效，个个阴险狡诈、见利忘义、欺师灭祖。更让人触目惊心的是，万震山、戚长发不仅欺瞒了徒弟，也一并误导自己子女。知府凌退思为了从丁典那里得到《神照经》和"连城诀"剑法，不惜以亲生女儿作为诱饵和陷阱，最终还活埋了女儿；而戚长发逃走后，明知女儿身陷虎口，竟不去解救；万震山、万圭为了宝藏，父子相争，人伦丧尽，丑态百出。为封锁秘密，万圭要杀掉妻子戚芳，万震山则连孙女也要除掉……为了大宝藏而上演的种种闹剧、悲剧、惨剧，让江湖变得臭气熏天、龌龊肮脏。英雄主义、理想主义退居其次，贪生怕死、人伦丧尽、心怀不轨的小人大行其道，崇高理想逃遁得无影无踪。

2.浪漫不在与情感缺失

爱情一直是武侠小说的重要内容。之前，金庸以他浪漫多情的笔，描绘了一个又一个令人神往的爱情。而在《连城诀》中，却让我们看到了这种浪漫的缺失，主要表现在爱情的恒久性、坚韧性消失了，变得短暂、脆弱、不堪一击。

《连城诀》共描写了五组爱情：丁典与凌霜华、狄云与戚芳、水笙与汪啸风、戚芳与万圭、水笙与狄云，且以前三组爱情为主。从爱情属性上看，这三组爱情代表了理想情爱的三种基本模式，即一见钟情、青梅竹马与郎才女貌。作为人类生命激情与美好欲求的诗意显现，这种纯爱之梦历经千百年的价值沉淀，已作为集体意识深印于民族记忆与人伦原型之中。在上述三者之中，丁典与凌霜华之间超越肉体、忠贞浪漫的爱情最为圣洁惊艳。对此，金庸曾有过自评："丁典的爱情既高尚又深刻，自具风格……即使在我自己所写的各个爱情故事中，丁典与凌霜华的情史，两人的性格，也都是卓荦不凡，算是第一流的。"[10]但二人尽管有着一见钟情的青春执着，置"礼教大防"于度外的自由与勇敢，以及情梦惊醒后的忠贞与决绝，但最终还是未能突破封建家长的利诱与发难，惨遭扼杀。狄云与戚芳的爱情令人惋惜，他们本是很相爱的一对，因为旁人的挑拨破坏而分开，但彼此心中始终未能忘情。就在要冰释前嫌重归于好时，善良的戚芳被丈夫狠心地杀害，终未能结合，令人深感遗憾。汪啸风与水笙的爱情令人可悲。他们也是青梅竹马，很般配的一对，血刀老祖的出现使他们由知己变成了陌路。在水笙陷在雪谷的日子里，他们互相等待守望，彼此钟情对方，及至重新相见，汪啸风内心的"猜疑"之心开始折磨二人，再加上花铁干的恶意诬陷，最后二人成了怨偶，水笙退居雪谷，汪啸风加入了夺宝的行列。他们的爱情令人反思，真正相爱的双方应该经得起考验，而不是互相猜疑。

上述三组爱情都以悲剧终结，或因为双方的隔膜，或因为现实与理想的错位，或因为意外与习惯的冲击，但有一点是相同的，那就是在严酷的现实面前，爱情恒久性、坚韧性消失了，变得短暂、脆弱、不堪一击。这无疑是对"侠骨柔情"模式的有力消解。

3. 人性之恶的探幽与发现

人性之恶的书写是为了达成人性的健康和生命的高扬。《连城诀》是作家以人性恶为视角，从人性立场出发，通过对争夺宝藏这一荒诞行为的描写，完成对人性的思考与生命的关怀。"人"作为古老而崭新的命题，宗教、伦理、历史、政治、文学、艺术等无不是对人的探求，金庸的《连城诀》亦不例外。一方面通过夺宝模式对人性之恶进行了深刻的揭示批判，另一方面也对在极致环境下人的可能性进行探幽与发现。花铁干的前后表现就是突出的例子，这说明太平无事之时，人性的某种可能隐藏很深，只有极端情景下的极端冲突，才能显示人性中的善与恶的真相。"小说中人的性格和情感比起社会意义和政治规范等具有更大的重要性"，"只有刻画人性，才有较长期的价值"。《连城诀》正好是对这些主张的实践和探索。正如倪匡所说，这是一本"坏书"，写尽各色坏人各种坏处，人性中善的一面被挤得无处安身。很显然这部小说就是一个巨大的寓言，它企图凭借对虚构江湖世界的描摹来映衬整个人性的弱点和生存的荒谬，从而更深入地探讨人类存在的本质和意义。在这一点上《连城诀》已突破通俗武侠小说的藩篱而进入严肃文学的视域，这也构成了其在金庸武侠小说中的独特魅力。人性立场的确定，极致环境的设置，令《连城诀》在直抵人性的同时，也勘探了"世界成为陷阱"时人的可能性是什么，进而揭示了存在的不为人知的一面。这一切使《连城诀》成为金庸作品中的佼佼者，获得了审美的深度与高度。

注释

[1] 孔庆东 . 金庸评传 [M]. 郑州：郑州大学出版社，2005：104.

[2] 陈自然 . 略论金庸的连城诀 [J]. 盐城工学院学报，2003（2）：25.

[3] 黄大军 . 反乌托邦的人性寓言：《连城诀》评断 [J]. 世界华文文学论坛，2014（4）：58.

[4] 金庸 . 连城诀 [M]. 广州：广州出版社，2002：202.

[5] 金庸 . 连城诀 [M]. 广州：广州出版社，2002：217.

[6] 金庸 . 连城诀 [M]. 广州：广州出版社，2002：204.

[7] [8] [9] 黄大军 . 反乌托邦的人性寓言：《连城诀》评断 [J]. 世界华文文学论坛，2014（4）：57.

[10] 金庸，池田大作 . 探求一个灿烂的世纪：金庸 / 池田大作对话录 [M]. 北京：北京大学出版社，1999：193—194.

第七章 《天龙八部》的阅读与赏析

一、鬼斧神工的杰作

《天龙八部》共五十回，创作并发表于 1963 年 9 月 3 日《明报》和新加坡的《南洋商报》上。这部小说从 1963 年开始创作，历时四年完成，之后结集出版单行本。金庸创作《天龙八部》时，因为要躲避香港的风波而出访欧洲，在去欧洲的这段时间，他便邀请他的朋友倪匡为之代笔，倪匡很高兴，为此写了一副对联。因为他常为张彻写剧本，所以这个对联的上联是"屡替张彻编剧本"，下联就是"曾代金庸写小说"，这是他一生的光荣。待金庸回来之后，倪匡说：对不起，金庸兄，我把阿紫的眼睛弄瞎了。金庸说：不要紧。后来结集单行本时，金庸把倪匡代写的部分删去了，自己把这一部分重写，但保留了阿紫眼睛被毒瞎这一段，他觉得这一段是神笔。关于《天龙八部》阅读感受，倪匡曾给予生动的描绘。他说《天龙八部》是"千百个折天巨浪，而读者就是个浮在汪洋大海的一叶扁舟。一个巨浪打过来可以令读者下沉数百丈，再一个巨浪掀起又可以将读者抬高几丈"。确实，《天龙八部》掀起了读者心中无数巨澜，让我们沉浸在这快乐与幸福之中。著名的文学批评家夏济安、陈世骧，也给了

《天龙八部》极高的评价，这在《天龙八部》后记中有所体现。国内学者陈墨认为《天龙八部》"已经超出民族主义、爱国主义的精神范畴，而达到了国际主义与和平主义的层次"[1]。它所展现的，是一个伟大的开阔的人道主义。孔庆东说："这不是一部普通的武侠小说，而是一部中国的《战争与和平》，也是一部中国的《罪与罚》。"[2] 2005 年，全日制普通高级中学语文读本（必修），由人民教育出版社第一次出版，首次选入了王度庐的《卧虎藏龙》和金庸的《天龙八部》两篇武侠小说，分别排在第五课和第六课，并合为一个单元，取名为"神奇武侠"。由此可见，《天龙八部》艺术成就确实非同一般。

《天龙八部》被誉为"杰作"、绝顶之作的原因很多，突出的表现在以下几个方面：

首先，作品的结构无比宏伟，撼人心魄。从《射雕英雄传》开始，金庸作品的结构开始趋向开阔宏大。而在《天龙八部》中，作者描写的不仅是"中国"，而是"世界"。《天龙八部》故事背景虽然仍是宋朝，但与《射雕英雄传》与《神雕侠侣》相比可是大得多，浑厚得多。南边有大理、吐蕃，中间是大宋，北边的是大辽，西边有西夏，东北有女真，再加上慕容家一心恢复的大燕，共是七个民族、政治集团，他们为了各自的利益展开了错综复杂的政治军事斗争，不愧为"大手笔""大气魄""大场面""大气势"的杰作。作品重点描写的是实力最强的大宋和大辽，面对两国之间永无休止的民族纷争及互相仇视和欺压，作品流露出无比的痛心。

其次，作品描写了上百人，塑造了无数的典型形象。如顶天立地的大英雄萧峰、痴情善良的段誉、淳朴自然的虚竹、风流成性的段正淳、政治狂人慕容复、星宿老怪丁春秋、变态痴魔游坦之、吐蕃的僧人鸠摩智、可爱薄命的阿朱、乖戾恣肆的阿紫、自负成狂的马夫人康敏、匪夷所思的天山童姥、高不可测的无名老僧、四大恶人等。据不完全统计，《天龙八部》中提到的人物一共有二百三十余人。三大主人公鼎足成势，每位主人公与周围若干小人物构成单独"人物场"，"人物场"之间冲撞激荡，形成巨大矛盾旋涡，从而构成小世界、大社会。

再次，作品有意境且意蕴深邃。《天龙八部》作品名字源自佛经，意指"作品中的人物颇有超现实的一面，有些人性格极奇极怪"[3]。所以，他们的行为让我们看到了佛教的"冤孽与超度"思想。正因此，美籍华人文学批评家陈世骧对《天龙八部》推崇备至，认为"可与元剧异军突起相比"，并引王国维的话评价《天龙八部》"一言以蔽之，有意境而

金庸小说阅读与赏析

已"。他还指出《天龙八部》"意境有而复能深且高大，则唯须读者自身才学修养，始随而见之。细致博弈医术，上而恻隐佛理，破孽化痴，俱纳入性格描写故事结构"[4]。《天龙八部》有意境且意蕴深邃，不仅表现在个人因欲望而悲苦浮沉的命运，更是将深邃的目光投向广阔的社会，借北宋时期民族之间纷争与冲突，探询民族和国家的悲剧，因而《天龙八部》所展示的悲剧远比描写个人悲剧更具有震撼人心的艺术力量。书中所展示的个人悲剧与民族冲突悲剧使《天龙八部》显示出一种浑厚苍凉的悲剧色彩，无论意境还是意蕴，都无比深邃。

二、演绎人性欲望的故事情节

作为金庸武侠小说代表作的《天龙八部》，不仅结构宏伟、人物众多、意境深邃，作品的情节也跌宕起伏、引人入胜，这主要得力于作者以人性欲望的演绎为故事情节的叙事策略。因此，某种程度上说，《天龙八部》讲述的是人类欲望的作品，即权位欲、复仇欲、名位欲、色欲，并将人类的这四种欲望，浓缩为"四大恶人"。作者极为聪明地用四个含着"恶"字的成语形容他们，并给他们排了序列。恶贯满盈的段延庆是权欲代表，为恶第一。无恶不作的叶二娘是复仇欲代表，为恶第二。凶神恶煞的岳老三是名位欲的代表，为恶第三。穷凶极恶云中鹤是色欲代表，为恶第四。这说明权欲给人带来的祸害最大，以此推之复仇欲第二、名位欲第三、色欲第四。此外，段延庆为恶尤烈，还因为他同时被两种欲望所控制——权力欲、复仇欲。岳老三一直不服叶二娘，总想当第二大恶人，最后也没当上，就是因为他只被一种欲望控制，而叶二娘是被情欲与复仇欲控制，故她为恶为祸远超岳老三。相较而言，色欲为恶为祸轻于其他三种欲望。

段延庆因为宫廷政变而失去皇位，为了夺回皇位而谋求天下大乱，不惜制造血雨腥风；叶二娘为了发泄心中的积郁而每天杀死一个无辜的儿童，令人发指；岳老三只因为别人不喊他岳二爷而杀人；云中鹤好色成性，猎色成癖，见色成狂，不择手段，不知羞耻。而书中这样为恶的不只他们四人：

权　欲	慕容家族，耶律重元，耶律涅骨鲁，全冠清
复仇欲	萧远山，萧峰，天山童姥，王夫人，秦红棉及其女儿
名位欲	岳老三，丁春秋，鸠摩智
色　欲	云中鹤，段正淳，天山童姥，李秋水

正是上述的这些人，他们都不同程度地或被权位欲、或被复仇欲、或被名位欲、或被色欲所支配控制，无理性地被欲望牵着走，无视社会的道德、法规、制度，才制造了一

个又一个矛盾冲突，不仅使自己成为恶人，也殃及无辜，给他人和世界带来了罪恶，上演着无尽的悲苦残酷。这些既构成了文本内容，也推动着情节的发展。比如，若不是慕容博被王霸雄图欲望统治着，整日做他恢复大燕帝国的梦，就不会故意制造契丹英雄将要前来抢夺少林寺武功秘籍的虚假信息，就不会有宋辽两国英雄雁门关的大战情节，也就不会有萧峰姓乔一说，也不会有叶二娘丢失孩子的情节，也就不会有虚竹后来的故事。所有这些情节发展，都是人性欲望驱动的结果。因此，看似是讲故事，实则又是在书写揭示人性，一箭双雕，一石二鸟，不愧大家手笔。

三、冤孽与超度的主题

《天龙八部》的名字来自佛经，即"天龙八部"，是指八种非人的神道怪物，分别是天神、龙神、夜叉、乾达婆、阿修罗、迦楼罗、紧那罗、摩呼罗迦。用作者自己的话讲"只是借用佛经名词以象征一些现世人物"。于是这八种"神道怪物"具有形而下与形而上的双重含义。形而下是说，这八种"神道怪物"影射作品中的一些人物，这些人物身上都或多或少具有神道怪物的非人气息。

神道怪物	神道怪物的特征	神道怪物影射之人
天　神	"天人五衰"，即衣裳垢腻，头上花萎，身体臭秽，腋下汗出，不乐本座（玉女离散）。	一是影射段延庆，他本就是大理国的王子；二是影射刀白凤，她身为王妃，却不愿在王府居住，而要去道观出家。
龙　神	一是播撒雨露，二是沙杰罗龙王的转身成佛的小女儿。	一是指段正淳，他是大理的皇家之人"龙种"，且对于不少女性"遍施雨露"；二是指天山童姥，不但身居灵鹫宫且童身。
夜　叉	敏捷、勇敢、轻灵、神秘。	甘宝宝，她有一个外号"俏药叉"；另一个是秦红棉，此人敏捷、勇敢、轻灵、神秘，连自己的女儿都不知道她的名字和身份，只知她叫幽谷客。
乾达婆	不吃酒肉，只寻香气作为滋养，身上发出浓烈的香气。	非王夫人莫属，居住曼陀罗庄，喜好栽种大理茶花。
阿修罗	男的极丑陋，性子暴躁执拗而善妒；女的极美丽。	万劫谷谷主钟万仇、甘宝宝夫妇。钟万仇极其丑陋，性格暴躁执拗而妒气冲天。甘宝宝极为美丽。
迦楼罗	是大鹏金翅鸟，每天要吃一个龙王及500条小龙。因为他一生以龙（大毒蛇）为食物，体内积蓄极多毒气，但心为"纯青琉璃色"。	叶二娘，她每次都要弄死一个儿童；也可能是指鸠摩智，一生好武，反被其害，幸得段誉帮他吸尽内力才得一心向佛，如同迦楼罗肉身自焚后只剩一心。

紧那罗	它形状和人一样，善于歌舞，是帝释的歌舞神。	阮星竹，她爱好化妆做戏，而且长袖善舞；也可能是丁春秋和他的弟子，他每次出来都要锣鼓、音乐相伴。
摩呼罗迦	大蟒蛇，人身而蛇头。	康敏的精神气质和大蟒蛇非常相似，她要缠上谁，谁就难以脱身。先是萧峰，后是全冠清，都被她死死缠住。

　　形而上是指这些"神道怪物"具有隐喻象征意义，即揭示作品的主题。陈世骧说："读《天龙八部》必须不流读，牢记住楔子一章，就可见'冤孽与超度'都发挥尽致。书中的人物情节，可谓无人不冤，有情皆孽，要写到尽致非把常人常情都写成离奇不可；书中的世界是朗朗世界到处藏着魑魅和鬼蜮，随时予以惊奇的揭发与讽刺，要供出这样一个可怜芸芸众生的世界，如何能叫结构松散？这样的人物情节和世界，背后笼罩着佛法的无边大超脱，时而透露出来。而在每逢动人处，我们会感到希腊悲剧理论中所谓怜悯，再说句更陈腐的话，所谓'离奇与松散'，大概可叫作'形式与内容的统一'吧。"[5] 陈世骧的这段文字，从内容、形式、主题三方面对《天龙八部》进行了概括。尤其是他提醒读者阅读《天龙八部》时要牢牢记住楔子一章。这一章的题目是"释名"，解释佛教"天龙八部"的含义及作品名字的来源。在

陈世骧看来，这一章是整部作品的纲，读者只有牢记了这个纲，就可以把握作品书写的内容和主题了，那便是冤孽与超度。

第一层，冤孽。冤：冤枉、冤屈、冤仇、上当、欺骗。孽：邪恶、罪恶、不忠不孝。冤孽：来自人类的自身欲望。孽障：业障，指妨碍修行的罪孽。孽海：业海，佛教中指人沉沦的无边的罪恶。由此我们看书中除了那个无名无姓、无业无分的灰衣老僧之外，当真没有任何一个人无冤无孽。比如段誉，他的人生主要是"冤"——冤枉、冤屈、冤仇。要么是上一代的欲望使然（段正淳风流），要么是他人欲望促成（鸠摩智名位欲），要么是自己的欲望导致（对王语嫣痴情）。另一主人公萧峰，他的人生有冤有孽。慕容博的欲望让他人生背负着"冤"，自己的欲望使其走向"孽"。聚贤庄大开杀戒，甚至为了复仇，一度丧失人性，甚至打死了心爱的阿朱。慕容复为了恢复他的大燕帝国梦想，对王语嫣无情无义，对自己的父亲不忠不孝。如此，人世间就成了广阔又复杂的孽海，甚至出家为僧的鸠摩智、玄慈也沉沦其中，其罪魁祸首恰恰是人类欲望本身。

第二层，对冤孽的超度。《天龙八部》一书的名字既然来自佛经的名词，其中也必然蕴含着一些佛理。按佛理来说，人的欲望是修行的障碍，也是罪孽的根源，所以对人的欲望就要限制，否则人便沉浸在无边的苦海之中。那么，如何约束或限制人的欲望呢？即"回头"，"回头是岸"，岸就是出家，出家就是压抑自己的欲望。作为生活在20世纪香港时空下的金庸，他本身所具有的现代意识与精神，不可能用他手中的笔去写一篇简简单单演绎佛理的作品。虽然书中也有"放下屠刀，立地成佛"的思想与人物，如慕容博和萧远山被高僧点化，双双携手出家。但这部书的终点的"岸"，却不是佛家的"彼岸"，而是世俗的人生境界。通往这个终点（世俗的人生境界），也不是佛家的空与无，而恰恰是人道、理性与良知。情感与欲望是人类的本性，理性与良知也正是人之为人的本质。如果说情感与欲望是人的自然属性，那么理性与良知就是人之为人的社会属性，情感与欲望是人的兽性，那么理性与良知就是人之为人的人性。所以，人就是"一半魔鬼，一半天使"。被"欲望"控制支配，缺失了理性、良知，就成了禽兽，再无限膨胀，一任欲望挥洒就成了魔鬼。反之，理性与良知在场，对欲望合理规约，人就脱离了低级兽性成了高尚的人。基于此，金庸在作品中多是给他笔下的恶人们以好的结局，一定程度上获取了读者的理解、同情、原谅，就是因为他们都程度不等地恢复了自己的理性与良知。

换句话说，他们都用自己的良知和理性为自己的罪恶、罪孽赎罪。另一方面，金庸在《天龙八部》作品中，虽然通过恶人们的行径，对人类的四种欲望进行了反思、批判，但并没有否定这些欲望存在的合理性。段誉当上了大理国君，萧峰曾做辽国南院大王，虚竹成为西夏驸马和灵鹫宫的主人，这是对权力的肯定。更有说服力的是，书中对云中鹤的色欲、段正淳的滥情之罪恶进行了因果报应否定，但对段誉与王语嫣、萧峰与阿朱、虚竹与西夏公主的爱与情与性没有否定。除了萧峰的故事没有圆满的结局之外，段誉的痴恋，虚竹的犯戒，都超越了伦理的障碍和佛门的清规，最终皆大欢喜。其原因在于他们有佛道之心，虽然他们都是恶人之子，但他们用自己的仁爱慈悲之心，用自己的理性与良知，斩断了"恶"的锁链。值得注意的是，文本中唯一没有用任何形式肯定的人类欲望就是"复仇欲"。对萧远山、叶二娘等人的复仇做了否定的描写，康敏更是书中最丑恶的人物，萧峰最大的罪孽是因为复仇而打死了心爱的阿朱，而萧峰最大的功德是他阻止了宋辽两国的仇杀，虽死犹荣。三位主人公之间，其实也有重重的恩怨，但他们的行为却是销仇泯恨，为人间带来和平与安宁。

综上，金庸是以其形象化的方式，创作了《天龙八部》

深蕴佛家思想的作品。书中的"怨"和"孽"又紧紧和佛家"三毒"——贪、嗔、痴联系在一起，纵横交错织成了一张巨大的、无处不在的网，没有人能逃离这张巨网，人人都是"网中人"，人人又都是"织网者"，网中的人"无人不冤，有情皆孽"。想要冲破这张网，只有高举理性与良知，才可超度欲望的苦痛。这正是"人世间"的一种深刻的象征。

四、典型人物的刻画

1.段誉。段誉是作品的主人公，是三位主人公中最早出场的一位，他的故事集中在小说第一回到第十四回和四十一回到第五十回。小说中间部分他也时常出现，但主要是陪伴萧峰和虚竹，不是主角。段誉是大理国王爷段正淳之子。相貌俊秀，儒雅倜傥，是一位呆气十足，很理性，充满高贵气的大侠、英雄与佛子。段誉的呆气是源于他的痴性。佛教认为，人生有三毒：贪、嗔、痴。段誉占其中的一样——痴。所以他父母叫他痴儿，也就是说他天生的骨子里就有一种痴呆的品性。痴，不是傻、无知或精神失常，而是对某人某物入迷，极度迷恋。因为入迷，所以段誉显得有些呆气，呆气中蕴含着理性、侠气、高贵气。突出的例子，若不是因为痴，就不会因为迷恋佛经易理而不去学自家威震江湖的武功，以致从家里跑了出来；若不是因为痴，他也不会对一座石像叩首千遍，发呆发痴；若不是因为痴，也不会见到王语嫣就入迷沉醉，洋相尽出，委曲求全，无怨无悔，不改初心。他的痴呆貌似让他既没有半点英雄气概，也不那么风流潇洒。但实际上，段誉身上的呆气自有与众不同的地方，即痴呆中有一股侠气与理性。比如，刚刚在无量剑派中挨打受辱，转眼间又自己送上门去，到神农帮劝和，明明已借得"黑玫瑰"可以逃跑，却非要给马的主人报信，差点性命不保。如此行为，若是武功好也可行，问题是他不会武功，偏偏到处打抱不平，行侠仗义。个人的荣辱、性命，也全然不顾，呆气中透着英雄气概和侠义精神。段誉理性的一面，例子更多。让人印象最深的情节就是段延庆将他和木婉清关押在石屋里，让他俩同时服了烈性的春药，若不是凭借强大的理性苦熬苦撑，段誉就走上了乱伦之路。还有岳老三要收他为徒弟、鸠摩智抓获他等情节也都可以看出段誉的理性。段誉的高贵气表现在他虽是王子，却从不以王子自居或到处炫耀，别人对他的种种无理行为，他都给予谅解；对自己的不幸遭遇也总能平静以待，或自我解嘲，或以幽默化戾气。无量剑派也好，神农帮也罢，他从不记恨。鸠摩智几乎让他生不如死，一旦脱困，也没有对其怀恨在心。更典型的例子，他以一个王子之尊甘

金庸小说阅读与赏析

心对一个小小的丫鬟跪拜。当然，最能表现他高贵气的还是他对王语嫣的苦恋。而段誉对王语嫣的爱虽苦但高尚，因为他不以占有为目的，而将对方的幸福置于自己的爱欲之上。只要王语嫣高兴，不论遇到什么尴尬、挫折，他总是百折不挠，无论遇到什么样的险境，他都甘愿为其出生入死，在任何情况下都能将对方的安危与苦乐，置于优先考虑之列，而不是以自己为中心。为了王语嫣的幸福，他劝慕容复不要去应聘什么驸马，劝说不成之后，不管西夏公主是俊还是丑，他都决心以身替代，以断慕容复娶他人的后路，帮助王语嫣实现做慕容复妻子的愿望。这种境界，不是他风流的父亲段正淳所能比的。

《天龙八部》因其浓郁的佛教思想被学界誉为"佛典"，段誉也因此被誉为"佛子"。一是他深谙佛理，爱给人家布道讲经。看到住在无量山中的无量剑派，却无人懂"无量"之义，就给他们布道："佛经有云：'无量有四：一慈、二悲、三喜、四舍。'这'四无量'么，众人当然明白：与乐之心为慈，拔苦之心为悲，喜众生离苦获乐之心曰喜，于一切众生舍怨亲之念而平等一如曰舍……无量寿佛者，阿弥陀佛也。"[6] 二是，段誉的情感经历也诠释着佛家的因果报应思想。因为段正淳的风流，才使他承受乱伦的恐惧，因为段正明窃取了大理的王位，段延庆太子才来找段誉的麻烦，因为鸠摩智的贪念，才将段誉强行从大理带到中原。所以段誉的命运其实是一条长长的因果之链，每一段痛苦的经历背后总会有一种更深的背景和因缘，段誉因此被誉为"佛子"。

2.萧峰。作品的主人公，他的故事集中在第十五回到二十八回和四十一回到第五十回，萧峰正式出场是在第十四回。作为《天龙八部》的主人公，萧峰出场时叫作乔峰，因为他的养父姓乔，后改回本姓萧。萧峰不仅在《天龙八部》中，就是在金庸的所有作品中，也可以称之为顶天立地的大英雄。他的"大"，不是为一国一民，而是为天下苍生。他的侠义超越国家、民族界限，是国际主义的大英雄。

这个大英雄的特点是本色。他的英雄气概是与生俱来的，他的豪迈是骨子里流淌出来的。无论做什么都是自然天成，而非后天的努力和修养使然。例如，萧峰初在松鹤楼喝酒吃菜，举手投足间"豪迈自在""极有威势"，引得段誉注意，并认为萧峰称得上"英气勃勃"四个字。金庸也通过武功表现他的本色表征。在聚贤庄，萧峰请薛神医为阿朱治病遭拒，又受中原武林人士的辱骂，无奈之下，只好与中原群雄大战。大战中所使用的武功就是一套再平常不过的太祖长拳，竟然将少林寺的一流高手玄难打得无力招架。这表明不论什么样的武功，到了萧峰的手上都能发挥出意想不到的威力。

本色英雄萧峰的另一特点是勇武豪迈。"虽万千人吾独往""万马军中取上将首级"是萧峰英雄豪迈、一往无前的最好的生动体现和诠释。萧峰明明知道中原的英雄好汉都在聚贤庄集合商讨对付自己之策，明明知道此行充满凶险，自己没有任何把握保住性命，但还是跑去找神医薛慕华为阿朱治病，"虽万千人吾独往"，毅然而然，豪迈干云。这就是真正的大英雄有所不为也有所为的精神展现。还有一个例子，在辽国南院大王父子叛乱之际，耶律洪基已经绝望，但萧峰居然真在"万马军中取上将首级"，将一场大乱消于无形。而事后与阿紫说起非但没有自夸英雄了得，反而说："遭到危险之际，自然害怕。"又说，"这叫作置之死地而后生。我倘若不冲，就非死不可，那也说不得什么勇敢不勇敢，只不过是困兽犹斗而已。"这些话说得真实，正是大英雄不加修饰的本色流露。

萧峰本色、勇武、豪迈，但并非是莽夫，而是胆大心细，智勇双全。比如杏子林平叛。当不知真相之际，首先将制造事端的首领全冠清制服，稳住大局；发现本帮四大长老都参与叛乱，按帮规应该处死，萧峰却自罚代其赎罪；矛盾即将化解，叛乱就要平息之际，徐长老和马夫人出现，事情变得蹊跷，他临危不乱，宁肯自己受屈，不愿看到丐帮的分裂和内乱。可见萧峰作为帮主的风范、智慧与仁慈。

萧峰的悲剧始于洛阳百花会上没有看一眼康敏，这使极度自负的她大受伤害，于是对萧峰恨之入骨，定要萧峰身败名裂，为此不惜一切代价，利用各种手段揭开萧峰契丹人的身世。自此，萧峰由人人敬仰的天下第一大帮帮主沦为宋人所憎的契丹胡虏，其命运急转直下，故事情节在此发生转折。在身世被揭开后，萧峰决意查清自己的身份以及三十年前雁门关外的惨案。岂料，在这查询过程中，每问及一个知情人之后，这个知情人便被"大恶人"杀害。养父母乔氏夫妇、授业恩师玄苦、谭婆、赵钱孙，都死于"大恶人"之手，而萧峰落得杀父、杀母、杀师的罪名，被诬陷为忘恩负义的大恶人，最后在少林寺中，萧峰得知这个"大恶人"原来是其生父萧远山。证实了自己契丹人身份之后，萧峰心灰意懒地回到辽国，做了辽国的南院大王，手握兵权，极尽尊荣。耶律洪基命他南下侵宋，萧峰却劝其罢兵休战，不成，他就挂印封库，激怒了辽主，把萧峰囚禁起来。阿紫找到中原群雄，将萧峰救了出来。辽主率大军追赶至雁门关，形成对峙。段誉、虚竹等人擒住辽帝，萧峰要求耶律洪基许诺即刻退兵，并终其一生不许辽军一兵一卒越过宋辽边界，辽帝权衡再三，决定退兵。身为契丹人，萧峰此番行径被斥为契丹罪人，无颜立于世间的萧峰，自戕身亡以谢天下。萧峰用自己的生命换得了民族间的和平，是顶天立地、超越国界的大英雄，是中国文学史上伟大的少数民族人物形象。

"萧峰的悲惨命运，既有古希腊悲剧的震撼，又有现代精神。在他的身上，我们可以看到……人类生存的荒谬性。人为什么要生存在这个世界上？是谁将我们抛到这个世界上来的？当我们意识到自己生存在这个世界上的时候，这已经是一个事实，不能改变。就像萧峰知道自己是契丹人之后没有办法改变这一事实一样。人的生存的被抛状态是无法自己把握的，萧峰最后气壮山河的一死奏响了武侠精神的最强音。所以《天龙八部》不是弘扬暴力，也不是简单的呼唤和平……萧峰的形象，萧峰的故事，永远吸引着无数的读者。"[7]

3. 虚竹。作品的主人公，最纯良的佛家弟子，《天龙八部》的主人公之一，相较于段誉与萧峰这两位主人公，虚竹的出场比较晚。他的故事是从二十九回到五十回，主要集中在二十九至四十回。虚竹的故事，也是他如何守戒与破戒的故事，并以此完成对他的纯朴、善良、慈悲、行侠仗义的刻画。

虚竹的故事可以分为三个阶段。

第一个阶段是少林阶段。这时他的生活比较封闭,与外界接触很少,他的生活内容比较单纯,每天读经打坐,与之交往的就是少林寺的大大小小老老少少的和尚。他虽每天读经,但是功课一般,对佛法要旨领悟不多,22 岁开始习武,武功也很平常。他不属于聪慧之人,有些愚笨。相貌有点丑,"长得浓眉大眼,一个大大的鼻子,扁平下塌,相貌颇为丑陋,僧袍上打了许多补丁,却是干净"[8]。虚竹的身世凄凉,不知自己父母是谁,他是被遗弃在少林寺的菜园子中,作为一名弃婴收养在少林寺。因在少林寺里长大,对他而言,当和尚似乎顺理成章,并不觉得有何不妥,安心当和尚,严守和尚的戒律。24 年不出寺门,只与青灯古刹为伴,少林寺是他唯一安身立命的地方。

第二个阶段是他走出少林寺来到江湖这个时期。这是虚竹努力守戒又不停被迫破戒的过程。少林寺需要广发英雄帖,因为人手不够,虚竹随师父下山,他的守戒、破戒人生开始了。第一次,就是他无意间破解了聪辩先生的珍珑棋局,因而被无崖子强行收为关门弟子,并被迫化去其少林内功,无崖子将自己 70 年逍遥派的功力传给虚竹,并封虚竹为逍遥派第三代掌门人。这是虚竹在人世间职业身份的守戒与破戒,之前虚竹只有一个身份，而且也只允许、只承认一个身份，那就是少林寺的弟子，突然间被人强行改变了身份，被迫失去了自我，变成了逍遥派第三代掌门人。接下来就是接二连三地犯了各种戒律。先是因为阿紫的恶作剧，他犯了荤戒，之后天山童姥更是害得他破了杀戒、酒戒、淫戒、妄语戒、自残戒。而且又成了灵鹫宫的传人。对自己的每一次破戒行为，虚竹都是痛心疾首，后悔不迭，所以当他处理完灵鹫宫大大小小事情之后，他还是想要回到少林寺做他的和尚。

第三个阶段是被逐出少林，回归自我。回到少林寺后，虚竹虽然以逍遥派的武功拯救和维护了少林寺的名誉，但由于屡犯戒律还是被逐出少林，做不成和尚了。彻底失去了和尚的身份的同时，他又找回了真正的自我。一是他找回了自己的父母，虽然转瞬又失去了双亲，但他终于知道了自己的父母是谁，一个是每天和自己朝夕相处的少林寺方丈玄慈大师，一个是无恶不作的叶二娘。原来他竟是善与恶、佛与非佛的结晶。二是他活成了自己——虚竹子，修成了真正的大菩萨。他冲破了佛的条框和界限，不再拘泥于是不是少林和尚的身份，也不再对自己破戒与否耿耿于怀，在经历了一系列人生变故后，他揭开了佛法的另一面，实现了自己精神的解脱，达到了人生的完美境界，他成了真正的一代大侠、一名高僧。就像段誉，后来成为大理国王一样，大理国将成为充满佛性的国度，灵鹫宫也因为虚竹当上主人而变成少林寺。因为无论是出家的虚竹，还是还俗后的虚竹子，无论是守戒的虚竹，还是破戒的虚竹子，有一点是不变的，那便是佛家的慈悲为怀，普度众生。否则他不可能冒死去解了珍珑棋局，也就不可能得到逍遥派武功，当不上逍遥派的掌门人；若不是以慈悲为怀，也不可能不顾性命地去救天山童姥，而因此成为灵鹫宫的主人，若不是他心怀慈悲，也就不能来到西夏，成了西夏驸马。所有的这些看似虚竹的命好，实际上是上天对他慈悲为怀的嘉奖。因为虚竹慈悲为怀，所以接掌逍遥派门户之后，躬行仁义，弘扬正知，解除了七十二洞主的生死符之毒。当听到萧峰被辽帝所擒，就带领灵鹫宫的所有人，助萧峰脱离险境，他又和段誉智擒辽帝并促使辽帝立下"在有生之年，永不侵宋"的誓言，为宋辽的百姓幸福安宁尽心尽力。至此，一位心怀慈悲、悲天悯人的佛家弟子虚竹形象矗立在读者面前。

4.康敏。康敏的精神气质和大蟒蛇非常相似，她要缠上谁，谁就难以脱身。先是萧峰，后是全冠清，都被她死死缠住。是一个非常恐怖的形象，让人难以忘记。总体说来，康敏自负与自恋成狂，嫉妒与占有成狂，是一个恶毒、残忍、变态的人物形象。

康敏自负源于她拥有一副姣好的外貌。身材苗条，小巧玲珑。一对眸子晶亮如宝石，黑夜中发出闪闪光彩。金庸在描写她时爱用"娇怯怯""俏生生""俊生生"等一类叠词形容她的娇美动人。就是这副动人的容貌，让她大言不惭地说："不管他是十四五岁的娃娃，还是八九十岁的老公公，见了我都不免要风言风语，摸手摸脚。"言语中透着她的骄傲，久而久之，这份骄傲就变成了自负，从而形成她以自我为中心的心态，如果有一天她没受到重视，将会大受刺激而发狂。果然，洛阳百花会上萧峰对她美貌没有瞧一瞧，于是对萧峰恨之入骨，定要萧峰身败名裂。"哼，百花会中，一千多个男人，就你自始至终没瞧我。你是丐帮的大头脑，天下闻名的英雄。洛阳百花会中，男子汉以你居首，女子自然以我为第一！你竟不向我好好地瞧上几眼，我再自负美貌，又有什么用？那一千多人便再为我神魂颠倒，我心里又怎能舒服？"[9] 为此，她不惜一切代价蓄谋加害报复萧峰，甚至以美色勾引丐帮长老白世镜暗杀自己的丈夫马大元。因为她让马大元来揭发萧峰的契丹人身世，马大元说什么也不肯，她就叫白世镜杀了马大元。康敏的自负成狂，实在人间少有，令人匪夷所思。没看她一眼的萧峰落得如此地步，看她爱她的情人段正淳，因不能与之长期相伴，她也要痛加报复。先用"十香迷魂散"将段正淳的武功废去，之后将段正淳肩上肉一口口咬下，一刀一刀慢慢割死。"段郎，我实在非常非常疼你、惜你，只盼时时刻刻将你抱在怀里亲你、疼你，只因为我要不了你，只好毁了你，这是我天生的脾气，那也没有法子。"[10]不看不行，做她的情人也不行，而做她的丈夫实际上更惨，虽然看她爱她与她相亲相伴，但只因为一次没满足她莫名其妙的愿望，最后也要付出代价："他向来对我千依百顺，几时有过这样的疾言厉色？我向来便没将他放在心上，瞧在眼里，他这般得罪我，老娘自有苦头给他吃的。"[11]康敏的自负成狂，实在让人发指。

康敏的狠毒、残忍是其自负成狂，嫉妒与占有成狂变态心理的表现，而这一心理的形成与她成长环境有关。

康敏小时候想穿新衣，父亲暂时满足不了她，但给她允诺："到腊月里，把我家养的3只羊、14只鸡拿到市集上去卖了过年，再剪块花布，回家来给我缝套新衣。"进入腊月，一连下了几天几夜的大雪压垮了羊圈，半夜3只羊又被狼拖走了，鸡也给吃了大半，父亲雪夜追狼，"在山崖上雪里滑了一跤，摔伤了腿，标枪也摔到了崖底下，羊儿自然夺不回了。见新衣服无望，康敏哭闹不已，父亲百般哄劝也无用，只是哭嚷："爹，你去把羊儿夺回来，我要穿新衣，我要穿新衣！"
无论怎样，康敏新衣未穿成，但邻居的姐姐却穿了新衣新裤，
这使她又痴迷又羡慕，又嫉妒又愤恨。"年三十，到了晚上，
我在床上翻来覆去地睡不着，就悄悄起来，摸到隔壁江伯伯
家里。大人在守岁，还没睡，蜡烛点得明晃晃的，我见江家
姊姊在炕上睡着了，她的新衣裤盖在身上，红艳艳的烛火照
着，更加显得好看。我呆呆地瞧着，瞧了很久很久，我悄
悄走进房去，将那套新衣新裤拿了起来。……我拿起桌上针
线篮里的剪刀，将那件新衣裳剪得粉碎，又把那条裤子剪成
了一条条的，永远缝补不起来。我剪烂了这套新衣新裤之
后，心中说不出的欢喜，比我自己有新衣服穿还痛快。"[12]
从这一情节我们可以看出，艰苦的环境及父亲对康敏的宠爱，
使孩子形成了错误的心理与性格：一、只关注自己，心无他
人，自私、薄情；二、别人有的，我为什么没有？我得不到
的，别人也别想拥有。这就形成她只能占有、不能共享的心
理和性格。后来她要置段正淳于死地，因为得不到王后的位
子；她报复萧峰，因为他破坏了"自己永远是最重要的人物"
的想象，哪怕杀死亲夫、委身于几个丐帮长老的代价都在所
不辞。这都与早期生活环境和家庭教育有关。大蟒蛇康敏的
形象，实在意味深长。

5. 岳老三。岳老三绰号"南海鳄神"，是四大恶人之一，排行第三，所以还有另一个绰号"凶神恶煞"。虽是四大恶人之一，但他在恶人中又是个例外：他的性情不全是恶，人品中有善的一面，是金庸塑造的集善恶于一身的又一成功人物。对岳老三恶的描写，文中主要有三个方面：一是对他的外貌描写；二是为争名，杀人不眨眼；三是他杀人形式的残暴。"第一眼便见到他一个脑袋大得异乎寻常，一张阔嘴中露出白森森的利齿，一对眼睛却又圆又小，便如两颗豆子，小眼中光芒四射，但见他中等身材，上身粗壮，下肢瘦小，颏下一丛钢刷般的胡子，根根挺出，却瞧不出他年纪多大。身上一件黄袍子，长仅及膝，袍子是上等锦缎，甚是华贵，下身却穿条粗布裤子，污秽褴褛，颜色难辨。十根手指又尖又长，宛如鸡爪。"[13] 身材、长相、服饰，从头到脚无不让读者感到岳老三惊悚、滑稽、凶恶。南海鳄神虽然杀人不眨眼，但是如果你不去冒犯他，他并不无缘无故地杀人，他杀人一般都是因为别人犯了他忌讳——称他为三爷。因为他心中最大的愿望就是能够成为第二恶人，他不仅自己心里想做岳老二，而且还要求别人也称他是岳老二。钟万仇家的小童进喜儿因为不知道他的忌讳，继续恭恭敬敬地迎接这位三老爷，却不料被他打翻在地："我是岳老二，干吗叫我三老

金庸小说阅读与赏析

爷，你存心瞧不起我。"看到被他打倒在地的进喜儿，他又问是不是在心里说他是一个大恶人，恶得不能再恶。进喜儿说，二爷是个大大的好人，一点也不恶，结果却被岳老三拧断了脖子。原来这恶的排位在岳老三那里是一个原则问题，这里有他的忌讳，触犯了也会丢命的。这位凶神恶煞当真是恶得名副其实，而他的所作所为却又让人莫名其妙，难以容忍。南海鳄神杀起人来很是凶残。段誉说他把敌人打得筋折骨断，他却大声说："不对，不对，我不把别人打得筋折骨断，我只这么喀喇一声，扭断他龟儿子的脖子。筋折骨断，不一定死，那不好玩。扭断脖子，龟儿子就活不成了。"把扭断别人的脖子当作自己的荣耀，可见此人的野蛮残暴、心狠手辣，真是不折不扣的大恶人。

然而，岳老三虽恶，但不全恶，也有善的一面。第一，岳老三虽恶，但他做人不伪装，直肠直肚，心口如一。突出的例子就是他看上了段誉，要收段誉为徒弟的时候，把自己所有的想法都说出来了："你快跪在地下，苦苦求我收你为徒，我假装不肯，你便求之再三，大磕其头，我才假装勉强答允，其实心中却十分欢喜。这是我南海派的规矩，以后你收徒儿，也该这样，不可忘了。"[14] 第二，岳老三虽恶但他讲理、讲原则。岳老三有一个很好的习惯，就是喜欢讲理，只要他说这话倒也有理，那么很多事情都好商量，而一个人只要讲理，或者愿意讲理，那就不至于是一个十恶不赦的人。岳老三还有一个优点，就是能够坚守自己定下的原则——不杀受伤的女子，不杀毫无还手之力的人，否则就是乌龟王八蛋。段誉和木婉清就是利用他的这一优点才得以保全性命。

第三，岳老三虽恶，但对兄弟是真心实意。四大恶人的组合既没有严密的组织形式，也没有组织制度，就是一盘散沙。老大冷漠，对手下的感情只是利用而已，叶二娘也巴不得骑在她头上的这位大哥早点死，云中鹤根本就是在这个团体中寻安全的，要不然他早给侠义之士除掉了。总之，三人是各有心思，只有岳老三用真心来待这三个伙伴。例如在老大段延庆受到丁春秋的蛊惑欲自尽时，只有他最着急，为救下老大不顾自身安危，挑战一身是毒，武功又高出自己许多的丁春秋；叶二娘殉情而死的时候，只有他潸然泪下，甚至愿意放下自己最在乎的面子称叶二娘为"二姐"。第四，岳老三虽恶，但讲信用。众所周知，岳老三是极要面子的人，要他拜段誉这个本来应该是自己徒弟的人为师，实在是够丢脸的！可他硬是没有食言，真的就磕头认下段誉这个师父。如此言而有信，也算十分难得了。更为难得的是，虽然拜师不情愿，可是却一直恪守拜师的规矩，毫不抵赖。并且对段誉

金庸小说阅读与赏析

忠心耿耿。比如，段誉被慕容复打倒，踏在脚下有生命危险的时候，南海鳄神立即不顾生命危险上前去救师父，哪怕对手是大名鼎鼎的慕容复。这拼命维护师父的行为虽不能算是大仁大勇，却也绝对算是义气忠诚，尤其王夫人震怒之下对段誉大声咒骂，又打又踢，南海鳄神见状马上上前干涉说："他是我师父，你踢我师父，等于是踢我，你骂我师父是禽兽，岂不是我也成了禽兽？"后来段延庆又挑拨离间，要南海鳄神正好借此良机把段誉除去，免得以后在江湖上没脸见人。可是南海鳄神却说："他是我师父，的确货真价实，又不是骗我的。"不仅不听段延庆的话要把他杀掉，反而要救师父段誉。段延庆是四大恶人之首，也是他生平最尊敬、最敬畏的人，可是为了救师父，他居然连老大的话也置之脑后，段延庆怕段誉松绑之后六脉神剑无人能挡，一狠心就把南海鳄神给杀死了。为了救这个没有给自己任何好处的名义上的师父，牺牲生命也在所不惜。在他的身上仍然保留着中国最正宗的侠义精神：重原则，轻生命。

注释

[1] 陈墨．浪漫之旅 [M]．上海：上海三联书店，2000：257．

[2] [7] 孔庆东．金庸评传 [M]．郑州：郑州大学出版社，2005：140．

[3] 金庸．天龙八部 [M]．广州：广州出版社，2008：3—4．

[4] 金庸 . 天龙八部 [M]. 广州：广州出版社，2008：1796.

[5] 金庸 . 天龙八部 [M]. 广州：广州出版社，2008：1795.

[6] 金庸 . 天龙八部 [M]. 广州：广州出版社，2008：9.

[8] 金庸 . 天龙八部 [M]. 广州：广州出版社，2008：1040.

[9] 金庸 . 天龙八部 [M]. 广州：广州出版社，2008：875.

[10] 金庸 . 天龙八部 [M]. 广州：广州出版社，2008：858.

[11] 金庸 . 天龙八部 [M]. 广州：广州出版社，2008：877.

[12] 金庸 . 天龙八部 [M]. 广州：广州出版社，2008：849.

[13] 金庸 . 天龙八部 [M]. 广州：广州出版社，2008：116.

[14] 金庸 . 天龙八部 [M]. 广州：广州出版社，2008：133.

金庸 小说 阅读与赏析

第八章 《笑傲江湖》的阅读与赏析

一、权力斗争与个人崇拜

1. 权力斗争

《笑傲江湖》共四十回，创作于 1967 年，依然是连载于《明报》，历时三载，1969 年结束之后出版单行本。之前的《书剑恩仇录》所描写的故事背景是清代，"射雕三部曲"的背景是宋代，而《笑傲江湖》则没有明确的时间背景和年代。这表明《笑傲江湖》中描写的事件和人物可以发生在任何时代、任何团体之中，具有很强的普遍性、共同性，它早已超越了具体的年代、团体而上升为对人类政治生活的刻画与反思。正因此，《笑傲江湖》才获得"政治寓言"的美誉，受到读者和批评家的推崇，被列为金庸的三部杰作之一。

作为政治寓言，金庸在《笑傲江湖》中主要刻画了两个典型的政治现象——权力斗争与个人崇拜。我们先来看权力斗争。

就武侠小说来讲，《笑傲江湖》与以往的作品一样写了少林、武当等武林门派，还写了五岳剑派——嵩山、华山、泰山、衡山、恒山剑派的联盟，还有魔教——日月神教。这些门派之间的冲突构成了作品的基本格局。一是本派内部的冲突，比如华山派的气宗与剑宗的冲突，日月神教里的任我行与东方不败的冲突；二是门派之间的冲突，如少林与武当同强行合并的五岳剑派左冷禅的冲突；三是正派与邪派之间的冲突，比如正派的少林、武当与邪派的日月神教间的冲突。这些冲突斗争呈现了三个特性：一是普遍性，二是共同性，三是暴力性。普遍性是指无论在门派内部、门派之间还是正邪之间都存在着大大小小程度不等的矛盾和冲突。共同性指的是冲突的内容是一样的，即都为争夺掌门人，或者一统江湖，履至尊，高高在上，大权独揽。暴力性是指无论正派与邪派，他们在争夺掌门时虽各有自己的"独门武功"，比如日月神教的葵花宝典、吸星大法；左冷禅的权势，即依仗自己盟主的权力对其他剑派内部的事情横加阻拦；岳不群依靠的是阴谋与君子剑。但是不论他们以什么样的方式都还是以暴力为主，佐以他们的权势、阴谋。总之，《笑傲江湖》中的门派之间之所以会有如此的矛盾纠纷，说到底都是为了一个"权"字。"权"可以实现他们称霸江湖的野心，也是这个"野心"让他们陷在权力的争夺大战之中，无法自拔。金庸在《笑傲江湖》中就是借助门派之间权力斗争的描写，形象地说明了不顾一切夺取权力，是古今中外政治生活的基本情况与形态。过去几千年如此，未来恐怕也不会有大的改观。

金庸小说阅读与赏析

2. 个人崇拜

与权力斗争相关的另一政治现象就是个人崇拜。当权者之所以喜欢搞个人崇拜，用任我行的话讲就是"无威不足以服众"，其目的是加强他们的统治。文本对个人崇拜这一政治现象的描写与揭示，主要是通过日月神教那一套参见的礼仪：一要跪拜，二要口喊颂词来完成。任我行复辟成功后重新当上了教主，属下的各个堂主、香主都要来参见。对此，作品是这样描写的：

任我行喝道："进殿！"只见十余条汉子走进殿来，一排跪下。任我行以前当日月神教教主，与教下部属兄弟相称，相见时只抱拳拱手而已，突见众人跪下，当即站起，将手一摆，道："不必……"心下忽想："无威不足以服众，当年我教主之位为奸人篡夺，便因待人太过仁善。这跪拜之礼既是东方不败定下了，我也不必取消，"当即将"多礼"二字缩住了不说，跟着坐下 [1]。

不多时，又有一批人入殿参见，向他跪拜时，任我行便不再站起，只是点了点头。令狐冲这时已退到门口……只听得各堂堂主和香主赞颂之词越说越响……阴暗的长殿之中却是近百人伏在地上口吐颂词，他心下说不出的厌恶……" [2]

这一情景将东方不败、任我行在门派内部大搞个人崇拜这一现象描写得生动形象、入木三分。属下众人见他时还要说："教主千秋万载，一统江湖。"就是不在他跟前教中的兄弟们相互见面时也须这么说。此外，还有什么教主文成武德、仁义英明、中兴圣教、泽被苍生等。

个人崇拜的产生或许不是自己造成的，但是个人崇拜的盛行和发展却绝对与专制有关。正因如此，几千年的中国社会才把"跪拜"贯彻到底，才把"吾皇万岁，万万岁"喊得响彻云霄。而这种个人崇拜现象带来的腐蚀与腐败，不仅仅是迷惑当权者的理智，甚至也是阿谀奉承、溜须拍马、曲意逢迎等人性恶的温床。

小说第三十九回写道：

另一人道："圣教主光照天下，犹似我日月神教，泽被苍生，又如大旱天降下的甘霖，人人见了欢喜，心中感恩不尽。"又有一人道："古往今来的大英雄、大豪杰、大圣贤中，没一个能及得上教主的。孔夫子的武功哪有圣教主高强，关王爷是匹夫之勇，哪有圣教主的智谋，诸葛亮计策虽高，他提一把剑来跟咱们教主比比剑法看？"

诸教众齐声喝彩，叫道："孔夫子、关王爷、诸葛亮，谁都比不上我们圣教主！"

鲍大楚道："咱们圣教一统江湖之后，把天下文庙中的孔夫子神像搬出来，又把天下武庙中关王爷的神像请出来，让他们两位让让位，供上咱们圣教主的长生禄位！"

上官云道："圣教主圣寿一千岁，一万岁！咱们的子子孙孙，十八代的灰孙子，都在圣教主麾下听由他老人家驱策。"

众人齐声高叫："圣教主千秋万载，一统江湖！千秋万载，一统江湖！"

任我行听着属下教众谀辞如潮，虽然有些言语未免荒诞不经，但听在耳中，着实受用，心想："这些话其实也没错。诸葛亮武功固然非我敌手，他六出祁山，未建尺寸之功，说到智谋，难道又及得上我了？关云长过五关、斩六将，固是神勇，可是若和我单独打斗，又怎能胜得我的'吸星大法'？孔夫子弟子三千，我属下教众何止三万？他率领三千弟子，凄凄惶惶地东奔西走，绝粮在陈，束手无策。我率数万之众，横行天下，从心所欲，一无阻难。孔夫子的才智和任我行相比，却又差得远了。"[3]

上述几段文字活化了谀辞（颂词）对人的腐蚀，可谓淋漓尽致，惟妙惟肖。谀辞是个人崇拜现象的典型表现，当权者是否在大搞个人崇拜，关键看他对谀辞是否还能保持高度的警惕与清醒的认识，否则就会出现谀辞泛滥，个人崇拜就会大行其道。在这里，作者从教众对教主大唱赞歌的角度入笔，淋漓尽致、入木三分地再现了赞颂者与被赞颂者的情态，同样令人作呕。首先，对于任我行来说，面对如潮谀辞他不仅已经丧失警惕与清醒的认识，不但不禁止，而且"听在耳中，着实受用"，在这谀辞中，任我行自我得意、自我膨胀、自大成狂，到了无以复加的程度，终于狂笑而死。其次，对教众来说，之所以如此毫无羞耻地溜须拍马、阿谀逢迎，还不是为了能在这专制的门派存活下去。为了活下去，毫无廉耻地闭上眼睛说瞎话，尤其是在任我行面前，个个极尽阿谀逢迎之能事，生怕落在其他人后面被教主看到而不得好果子吃，还谈什么良知与道义呢？

金庸通过赞颂者与被赞颂者情态的描写，形象而又深刻地揭示了个人崇拜现象对人的异化与腐蚀，它不仅迷惑着当权者的理智，也让大唱颂词的人性之恶得以滋生。政治场域的"个人崇拜"现象也生动地诠释了"绝对的权力滋生绝对的腐败"这一道理。

二、呼唤民主与自由之歌

1. 人在江湖，身不由己

呼唤民主与自由是《笑傲江湖》这部作品更深一层的思想与主题，小说是通过"人在江湖，身不由己"以及《笑傲江湖曲》两方面完成的。"人在江湖，身不由己"突出的例子，就是衡山派的高手刘正风想要金盆洗手而不能的情节。刘正风酷爱音律，擅长吹箫，与魔教长老曲洋可谓知音。他说"曲大哥虽是魔教中人，但自他的琴音之中，我深知他性行高洁，大有光风霁月的襟怀"。因为二人在音乐上意味相投，所以成了莫逆之交。但由于二人分属正邪两派，所以，刘正风就想要"金盆洗手"，不再受这江湖门派的限制，和曲洋好好研习他二人改编的《笑傲江湖曲》，也不再过问江湖之事。为此，还自污其名，捐了个小官儿，但还是没达到目的，刘正风欲"金盆洗手"虽是私事，但左盟主认为，刘正风的"金盆洗手"不利于五岳剑派，因此他遭到了五岳剑派盟主左冷禅的反对和横加阻拦。最后，"金盆洗手"不但没有成功，刘正风一家也因之家破人亡，曲洋和刘正风也双双毙命，这一惨剧是对"人在江湖，身不由己"这一主题最好的诠释。刘正风这样的高手都不能有权处理自己的私事，其他人可想而知了。这说明"身不由己"已深入到江湖的各个角落，谁都难以逃脱。王蒙曾经说，当他读到刘正风"金盆洗手"难以实现这一情节时流下了眼泪，这说明在江湖想要退隐真是太难了。除了刘正风还有一个例子——"梅庄四友"，分别是酷爱音乐的黄钟公、围棋家黑白子、书法家秃笔翁、美术家丹青生。黄钟公临死前有一段话：

> "我们四兄弟身入日月神教，本意是在江湖上行侠仗义，好好做一番事业。但任教主性子暴躁，威福自用，我四兄弟早萌退志。东方教主接任之后，崇信奸佞，锄除了教中老兄弟。我四人更是心灰意懒，讨此差使，一来得以远离黑木崖，不必与人钩心斗角，二来闲居西湖，琴书遣怀。"[4]

这说明"梅庄四友"也像大多数武林人士一样，希望能够有所作为，行侠仗义，"达则兼济天下，穷则独善其身"。但是，最终他们的愿望没有实现，虽然自己淡泊名利，但身处在权力斗争的江湖之中，依然是无法逃脱而卷入到权力的斗争之中。任我行复辟成功之后留给黄钟公四人的选择有两个，一是背叛东方不败，一心一意地做他任我行复辟的走卒；二是死路一条，而且会死得苦不堪言。最后，黄钟公选择了死。秃笔翁和丹青生选择了服用"三尸脑神丸"，当了"猪

金庸小说阅读与赏析

狗"，做任我行复辟的走卒，而黑白子因为内力尽失，竟是想当"猪狗"而不可得。

　　"人在江湖，身不由己"，岂止是上述三个例子，在那权力之争的江湖，只要有人一心想要一统江湖，那么人人就都处在身不由己的状态。福威镖局、刘正风、曲洋、梅庄四友如此，其他人也是如此，无非是程度不一罢了。方正大师、冲虚道长、定闲师太、莫大先生，这些名门大派的掌门人自不必说，需要日夜为江湖情形而处心积虑，东方不败、左冷禅、任我行、岳不群等想要一统江湖的野心家们，又哪里有真的幸福与快乐？或许只有令狐冲是一个幸运的例外，这个例外的形成，除了他会举世无双的独孤九剑，最主要的原因恐怕还在于他的淡泊名利，无欲则刚，是自由的斗士。他为自由而生，不自由毋宁死。当然不是人人都淡泊名利，无欲则刚，也不是人人都能拥有绝世武功，那么对于大多数普通人来说，想要获得自由与幸福，真正的必然之道当然是实行民主制。而民主制的第一步，就是要消灭强权政治，让任我行、左冷禅、岳不群等人的千秋万载，一统江湖的野心和梦想无法实现，进而消除滋生这种野心和梦想的土壤。呼唤民主与自由才是小说真正的主题。

2.自由的放歌

《笑傲江湖曲》从小说的"第六回：洗手"出现，一直到小说结尾"四十回：曲谐"结束，一直贯穿作品的始终，可谓小说的主题曲。《笑傲江湖曲》是刘正风和曲洋根据嵇康的《广陵散》改编而成。嵇康是竹林七贤之一，也是中国历史上著名的隐士，他当年之所以要退隐江湖就是因为不愿意投靠掌握大权的司马氏，但更主要的原因还是他觉得自己不适合当官从政，于是就归隐林泉，做了竹林贤士。但是人在江湖身不由己，钟会对他特别嫉妒，就向司马昭进谗，司马昭下令把他处死。嵇康临刑前抚琴一曲，就是著名的《广陵散》，从此成为千古绝唱。爱琴成痴的魔教长老曲洋偏偏不服气，说什么也不相信，更不愿意那《广陵散》古谱真的就绝迹于世。于是他一连盗了二十九座古墓，终于在东汉名人蔡邕的墓中寻到了古谱《广陵散》，之后就和同样爱好音乐的刘正风一起将《广陵散》改编成琴箫合奏曲《笑傲江湖曲》。改编后的《笑傲江湖曲》虽然在形式上已经和《广陵散》有了变化，但在精神上却是一脉相承，那就是自由。我们所说的快意人生，笑傲江湖，其首要条件就是无拘无束，解放身心和自我。所以，真正的隐士，他的精神目标就是自由。当年的嵇康、阮籍，后来的刘正风、曲洋，再之后的任盈盈和令狐冲他们退隐江湖，无非是想要获得精神上的自由。这样，根据《广陵散》改编的《笑傲江湖曲》，既是隐士之歌，也是隐士们弹奏的自由之歌。无论是当年的《广陵散》，还是今日的《笑傲江湖曲》，都是对专制的抗争与对自由的呼唤。

三、人物的刻画与塑造

1. 自由的斗士令狐冲

令狐冲，作品的主人公，既是天生的浪子、隐士，更是自由的斗士。浪子有两层含义，一是指游荡、不务正业之人，二是指不受约束、放纵自己之人。令狐冲这位浪子，当然不是指他游荡不务正业，而是指他的不受约束。关于他的不受约束、放荡不羁的例子很多。比如他没有出场时，他的故事就已传得沸沸扬扬。作者巧妙地以虚写实，通过林平之听故事的方式来表现令狐冲的放纵和不受约束，实在是新奇有趣。一是他特别喜欢喝酒，为了喝到一口猴儿酒，居然还与乞丐缠磨耍赖，实在有损华山派大弟子的身份；二是平白无故地惹是生非，因为听不惯"英雄豪杰，青城四秀"的名号，就挑衅说"狗熊野猪，青城四兽"，惹得对方动手，然后将他们从酒楼上直踢下去，还讽刺说这是青城派的独门武功，叫作"屁股向后平沙落雁式"，若不是师父处理得当，差点引起两大门派的纷争；三是他和臭名昭著的采花大盗田伯光一起喝酒，而且还带着恒山派的小尼姑仪琳一起上楼招摇，进而再一次与青城派弟子发生流血冲突，伤亡惨重。用林平之的话说"这令狐老儿闯下的乱子也真不少"。再后来，仪琳讲述她自己的遭遇，人们发现令狐冲的所作所为，与一开始传说的完全不一样。令狐冲显然是一个见义勇为的大英雄，而且是一个了不起的大侠。这个英雄大侠，实在是前所未有，至少极为罕见，他就算做了好事也叫人有些哭笑不得。比如对付田伯光就不是任何一位正派英雄所能想象的，而后来在妓院疗伤，让仪琳和曲非烟上床，虽毫无淫猥之意，但却异想天开。还有他学武时的心理也能说明他喜欢行云流水、自由自在、不受约束的性格。

他从事练剑十余年，每一次练习，总是全心全意地打醒精神，不敢有丝毫怠忽，岳不群课徒极严，众弟子练拳使剑，举手投足间，只要稍离了尺寸法度，他便立加纠正，每一个招式总要练的十全十美，没有半点错误，方能得到他点头认可。令狐冲是开山派的大弟子，又生来要强好胜，为了博得师父、师娘的赞许，练习招式加倍地严于律己。不料风清扬教剑全然相反，要他越随便越好，这正投其所好，使剑时心中畅美难言，只觉比之痛饮数十年的美酒还要滋味无穷。[5]

这段文字表明岳不群教徒弟练剑时，压抑人性，限制了令狐冲的性格，所以学起来很是辛苦，而风清扬是放开人性，解放了令狐冲，所以学起来很是畅快。岳不群教的是规律和纪律，风清扬教的是自我与自由。更能说明问题的是被华山派开除之后，令狐冲既不愿做魔教的接班人，也不愿意加入少林。这其中有没有正邪区别的因素作祟？有，但是微乎其微，最主要的还是他不愿意受任何一个门派规矩的限制，当然更是他没有半点权力的欲望使然，对令狐冲而言自由才是最为重要的。

金庸说："令狐冲是天生的'隐士'，对权力没有兴趣。"[6]并以多种方式和手段，如他人评价、心理透视、人剑合一、行动显示、结局安排等，丰满生动地刻画了令狐冲无正邪之辨、无权力之欲、无规范之束、光明磊落而任性随意、放浪不羁而自由独立的这一天生隐士形象。但金庸也深知"人生在世，充分圆满的自由根本是不能的。……'人在江湖，身不由己'，要退隐也不是容易的事。"[7]因此，令狐冲多数的时候被裹挟在权力斗争的旋涡中，但难能可贵的是，无论是权力迫害还是权力诱惑，令狐冲都是权力斗争的超越者，始终不改初衷地追求"自由自在"。同时令狐冲还从风清扬处获传"独孤剑法"，融会贯通了"独孤剑法"后，不仅得以险中求生、危中自保，而且能够抗衡、挫败江湖众多一流高手，因此拥有了江湖话语权，拥有了能够蔑视强权、坚守人格独立、追求个性解放、保持自由自在而不被倾轧的能力，才能与象征着"权力之剑"的"辟邪剑法"相对抗，并最终在生存上、精神上、人格上真正能够"笑傲江湖"，从而使"笑傲江湖"精神价值表现得更饱满，也更充满希望，使传统隐士文化所内含的人格独立、个性自由价值观得到更充分的彰显和宣扬。

2. 阴险毒辣的伪君子岳不群

岳不群是《笑傲江湖》中引人瞩目的人物形象，对于这个人物形象的概括很容易，那就是"伪君子"，因是"伪君子"，所以他性格最大的特点就是阴险毒辣。君子是指人格高尚，道德品行兼善的人。所以君子要常常面对自己的欲望、情绪和道德之间的矛盾冲突，并且在冲突中能够用自己的理性克制自己的欲望。因此，一个人无论在任何场合、程度上都能愿意并有效地控制自己的欲望，那么他就是君子，如果控制的效果不好就是浪子。也就是说，君子和浪子之间的区

金庸小说阅读与赏析

别在于是否有效地控制自己的欲望。如果一个人不控制自己的欲望，任其欲望尽情挥洒，甚至是侵害他人利益，那他就是邪恶之人。君子与邪恶之徒的区别在于是否愿意控制自己的欲望，因为君子是人格和道德高尚之人，取的是精神价值；而小人取的则是物质层面的功利价值，所以君子和小人的区别是在义与利的选择上见分晓，所谓"君子喻于义，小人喻于利"，讲的就是这个道理。中国被称为礼仪之邦，君子之教则成为中国传统文化的核心概念，它的内涵是极为丰富的，所以君子之教培养的君子类型也很多。比如真君子、伪君子、洁身自好的君子、雄心勃勃的君子、朋而不党的君子、和而不同的君子、独善其身的君子、兼济天下的君子等，但不论哪一种类型的君子都是不自由的，深受各种道德戒律的约束与规范。人人都渴望自己是人格、道德兼善之人，但其修行很难，特别是独处之时，面对本我欲望还能"慎独"实属不易。如果为实现自己的欲望而不择手段，又要加上道德的包装，说一套做一套，那就是伪君子了，岳不群便是如此。

岳不群外表看上去端庄持重，正义凛然，张口就是仁义道德，为人处世也秉公持正，但骨子里却是野心勃勃、处心积虑，一旦时机成熟，就会露出无比狰狞的面目来。比如对福建林振南家的辟邪剑法，他图谋最早，用心最深，所得最实。相比之下，青城派余沧海大张旗鼓，制造福威镖局灭门事端就是小巫见大巫了。再比如，对五岳剑派的"并派"岳不群也是设想最周，积虑最多，手段最绝。相比之下，左冷禅大张旗鼓，野心霸道，铲除异己，搞得正派武林天怨人怒，人人防范，只好为他人作嫁衣裳，让岳不群来坐收渔翁之利。至于诬陷自己的徒弟令狐冲，误导自己的女儿岳灵珊，陷害林平之，欺骗自己的妻子宁中则等种种虚伪做作、阳奉阴违、表里不一自然不在话下了。正如冯其庸所言"岳不群的形象，我看在中国文学史上还没有第二个虚伪得如此彻底，如此严密的形象，这无疑是金庸的一大贡献"。

岳不群这个人物形象是金庸对中国文化君子人格、君子之教、内圣外王思想观念的反思。历史上儒家的君子人格取向确实培养出很多顶天立地的富贵不淫、威武不屈、贫贱不移的大丈夫，使中国文化充满豪迈凛然气概，具有积极性。但由于君子人格更重视社会的道德规范，忽略人性的基本欲求，并将这种基本欲求当成君子人格的对立面而妖魔化，于是意志薄弱又极具欲望之人，只好打君子的旗号，行伪君子之意，具有很强的虚伪性和欺骗性。我们尊重君子的道德价值，不喜欢岳不群，但事实上像岳不群这样披着王道外衣而行使霸道行为的人不在少数，当然他们也行之不远！

金庸小说阅读与赏析

3. 凶狠霸道的左冷禅

据传，在 20 世纪 70 年代的一次越南国会上，两名议员打嘴架，一个拍桌子，指着对方说："你就是野心巨大、凶狠霸道的左冷禅。"另一位也毫不示弱，一拍桌子，指着对方说："你就是野心巨大、阴险毒辣的岳不群。"由此可见，岳不群、左冷禅的名字是多么响亮。

左冷禅是金庸在《笑傲江湖》中塑造的又一个成功的人物形象，他和岳不群一样，都是大野心家，想合并五岳剑派与少林、武当鼎足而立。为实现这一政治野心，他便利用自己是嵩山派掌门人兼五岳派盟主的权势，对各门派之事横加干涉。比如：

不许衡山派刘正风金盆洗手，还打着正义的名号杀了他一家；

支持华山派的剑宗封不平与气宗岳不群争夺掌门之位；

乔装暗杀、蒙面拦截岳不群夫妇及华山弟子；

在二十八铺假扮魔教的教众杀害恒山派弟子，使定静师太力战而亡；

在铸剑谷围攻定闲、定逸及恒山弟子；

挑拨泰山派的内乱；

借正派力量设计围困令狐冲及一干草莽豪杰，以消灭异己。

左冷禅这个人物就是以他凶狠霸道"扬名海外"，是任我行第一不佩服的人。因为他是天下第一的野心家、阴谋家，权力欲使他不择手段，武功了得，心计极深。许多仇杀皆是左冷禅阴谋挑起。左冷禅就这样肆无忌惮地张扬着他不可抑制的野心，处心积虑。封禅台下，左冷禅确实做了精心的准备，谋划了必胜的计策，没想到螳螂捕蝉，黄雀在后，他遇上了比之更加阴险、心机更深的岳不群，所以只落得个为他人作嫁衣裳的悲惨结局。

4. 谐谑的桃谷六仙

在《书剑恩仇录》中我们曾指出："谐谑"在《书剑恩仇录》中是角色调剂品，在之后"谐谑"摆脱了附属的形态，而升格为人物形象了，《笑傲江湖》中的桃谷六仙就是"谐谑"之人。"对于桃谷六仙的来历，金庸并未具体言说，但从他们的名字和言行举止可以推测他们或许从小就生活在与世隔绝之地。桃谷六仙身为一母同胞的六兄弟，从小就习惯了斗嘴。可能由于生活在与世隔绝之地，他们的生活常识并不丰富，言行举止异于常人，有些疯疯癫癫。生性不肯服输的他们对于自己不知道的事情也不肯承认，为了在斗嘴中取得胜利，他们经常扯出一些令人啼笑皆非的理由来支撑自己的说法，把读者逗得欢乐无比。桃谷六仙虽然容貌丑陋，心智也不太成熟，但读者并不会鄙夷他们的无知。他们本性纯真，如未经世俗熏染的孩童一样，其举动经过金庸的诙谐处理，反而使小说增加了趣味。虽然本性天真，但桃谷六仙并不傻，正是看似疯癫的他们在五岳剑派商议合并大计时揭穿了岳不群的伪君子面目。金庸之所以选择让桃谷六仙揭穿岳不群，借他们之口让众人看到岳不群奸诈、阴险和狠毒的一面，是因为对名利无所求的他们置身于争权夺利的武林世界之外，本性简单的他们能更早看清以岳不群为代表的武林败类的真面目。金庸通过他们的插科打诨，让读者在欣然一笑中忘却紧张凝重的气氛，并借此推动故事情节的发展。事实上，周伯通和桃谷六仙看似疯癫，却是真正超脱之人，他们心无旁骛、超然物外，不被世俗名利羁绊。"[8]

桃谷六仙是一种独特的存在，虽然不是小说的主角，但起到了扭转情节的作用，值得研究者们深入探讨。

5.其他人物

除了上述的令狐冲、岳不群、左冷禅之外，其他政治人物如诡异恐怖的东方不败，自我膨胀、自大成狂、横行霸道的任我行，圣洁可怜的仪琳，悲情的岳灵珊，美丽高洁的任盈盈等人物都值得分析，尤其是东方不败这个人物形象，让人毛骨悚然。由于东方不败对权力的极度贪婪，使自己人性扭曲变态，倒行逆施，异常骇然。对此，金庸力透纸背地对他进行了刻画。东方不败甫一出场就让读者感到惊悚，这名震天下的绝世魔头竟然是个不男不女的人妖。他的居住环境风景精致，玫瑰妖丽，花香醉人，绣房与珠帘锦绣灿烂，充满妖异怪诞气息，而其举止款款作态，拿腔作调。读着这些奇诡的描写，有一种说不出的阴森恐怖，令人作呕。他的武器是"落水不沉，风能吹起"的绣花针，却能拨开令狐冲的长剑，若不是他的男宠杨莲亭使他心神大乱，谁输谁赢真不好预测，在以一敌三的情况下，临死前还是刺瞎了任我行的一只眼睛。由此可见，太监创造的葵花宝典果然名不虚传。"欲练神功，引刀自宫"，东方不败为了不败，真的"引刀自宫"，实为寓意深长。

四、作品的艺术特色

1.寓言手法

《笑傲江湖》，被学界誉为"政治寓言"，就是因为作者在总体叙事策略上采用了寓言的手法。所谓的寓言是一种文体，通过生动形象的故事寄托意味深长的道理，给人以启示的一种文学体裁。金庸在《笑傲江湖》后记中说："通过书中的一些事件和人物，企图刻画中国三千多年的政治现象。"这一个又一个生动的政治现象也就构成了中国乃至人类政治生活的隐喻，寄寓着意味深长的道理：高压政治是对人的异化、腐蚀，甚至是虐杀。

2. 武功的隐喻与象征

《笑傲江湖》的武功很多，其中独孤九剑和辟邪剑法最富有内涵。独孤九剑的创始者是华山派前辈风清扬，绰号"独孤求败"。独孤是孤独的颠倒，而求败是求胜的极致和超越。令狐冲从独孤求败风清扬那里学会独孤九剑，他不但有了防身的绝技，同时有了明确的精神支柱。因为，独孤九剑和以往的武功是一样的，不仅仅是一套高明的剑法、剑术，更是人物性格的写照。独孤求败是一个斗士，也是一个隐士，进取也追求自由，作为他的武功传承人令狐冲也是如此。独孤九剑包括：总诀式、破剑式、破刀式、破枪式、破鞭式、破索式、破掌式、破箭式、破气式。它的精义是"以无招胜有招"，它的特点：活，不受条条框框限制，随意发挥；变，随机应变，临场发挥；进，有进无退，主动出击，攻敌之不得不守，永不言败，战斗到底。独孤求败想求一败而不得，故这套剑法施展出来，天下无敌。这些特点无一不是把剑术奥妙与人生结合在一起，不仅适合令狐冲个性发挥，而且具有解放自我人性的普遍性的象征意义。

辟邪剑法，又名"葵花宝典"，相传是太监所创，充满了戾气阴邪。"欲练此功，引刀自宫"。太监毕生离不开君主王朝，所以从它的创作渊源和练习这套剑法的实践中能够感受到极强的权力欲望与极度的复仇愤恨所带来的妖邪之气。在许多人眼中，它已成为权力的象征，同时，也是夺取权力的工具。"欲练此功，引刀自宫"，正是淋漓尽致地展现了权力对人性的践踏。

注释

[1] 金庸.笑傲江湖 [M].广州：广州出版社，2008：1113.

[2] 金庸.笑傲江湖 [M].广州：广州出版社，2008：1114.

[3] 金庸.笑傲江湖 [M].广州：广州出版社，2008：1415.

[4] 金庸.笑傲江湖 [M].广州：广州出版社，2008：775.

[5] 金庸.笑傲江湖 [M].广州：广州出版社，2008：341.

[6] [7] 金庸.笑傲江湖 [M].广州：广州出版社，2008：1452.

[8] 张璐.论金庸小说疯癫形象的价值 [J].洛阳师范学院学报，2015（6）：60.

第九章 《鹿鼎记》的阅读与赏析

一、"反武侠"叙事策略

《鹿鼎记》是金庸的最后一部武侠小说，创作于 1969 年 10 月 24 日至 1972 年 9 月 23 日。历时两年十一个月，依旧在《明报》上连载。这部作品讲述的是出生于妓院的韦小宝如何机缘巧遇成为康熙皇帝身边的第一红人，官封抚远大将军、鹿鼎公的传奇故事。小说一经刊载，读者就已经感到了它的特异，不仅与金庸以往的作品不一样，甚至与整个武侠小说都不一样。就有读者写信问金庸，是不是别人代笔？金庸回答是自己写的。后来他在《鹿鼎记》修订版后记中说："《鹿鼎记》和我以前的武侠小说完全不同，那是故意的。一个作者不应该总是重复自己的风格与形式，要尽可能地尝试一些新的创造。"[1] 这段文字告诉我们，《鹿鼎记》也是金庸不重复自己，尽力创造的结果，只不过这一次创造，让他对自己和整个武侠文类的写作都进行了彻底的颠覆与解构。

为何说《鹿鼎记》是金庸对自己和整个武侠文类进行的彻底的颠覆与解构？究其原因在于，《鹿鼎记》中不论是武功的描写，侠客的塑造，还是江湖的设置，都一反常规，表现出与传统武侠小说价值与写作规范完全不同的取向，使《鹿鼎记》呈现出奇异的面貌。评论界将《鹿鼎记》视为"反武侠"小说。

武之反。从文类上讲，武、侠、江湖是武侠小说的三大要素。侠客凭借超凡的武功，行走在江湖，路见不平，拔刀相助，弘扬一种豪迈、自由、不羁的正义精神，令人神往。武、侠、江湖都具有超越现实的理想特征。武侠小说的"武"包括习武、武功、武打，是侠客行侠的手段，所以习武是侠客成长的第一步。就习武来说，作品也描写了主人公韦小宝的拜师学艺，这一点和传统武侠小说相同。不同的是韦小宝不仅有师父，而且是师从多个师父。康熙、海大富、陈近南、洪安通、苏荃、九难师太都是他的师父，这是江湖所不允许的，是违规的。但他想拜谁是自己的师父就拜谁，他不遵守江湖上只可拜一个师父的规矩。就习武态度来看，韦小宝很少用心，更缺乏"冬练三九，夏练三伏"的毅力。韦小宝师父虽多，且其中不乏一流的高手，比如太监海大富、天地会总舵主陈近南、独臂神尼九难师太等，但韦小宝的功夫却极为一般。韦小宝有三样神奇的武器：削铁如泥的匕首、刀剑不入的宝衣、蒙汗药。除此之外，韦小宝还有拿手的成名绝技——拗手指、拉辫子、咬咽喉、抓眼珠、扯耳朵、撒石灰、捏阴囊。这些绝技助他屡建奇功，但却为江湖人士所不齿，属于登不了大雅之堂的"下三滥"招数，不是武功。所以，韦小宝的武功难以带给读者想象和趣味，不可与北冥神功、六脉神剑、降龙十八掌、独孤九剑等同日而语。

侠之反。侠，武侠小说的灵魂。其概念，最早见于韩非子的《五蠹》："儒以文乱法，侠以武犯禁。"此后司马迁在《史记·游侠列传》中为游侠作传："今游侠，其行虽不轨于正义，然其言必信，其行必果，已诺必诚，不爱其躯，赴士之厄困。既已存亡死生矣，而不矜其能，羞伐其德，盖亦有足多者焉。"[2] 其文已经涉及现代武侠小说中侠客的特征，如"言必信""行必果""诺必诚"等。后人对侠也有很多描述与概括，如刘若愚归纳为 8 种特征，田毓英提炼出 11 种特征。此外，金庸曾借郭靖之口言道："我辈练功学武，所为何事？行侠仗义、济人困厄固然乃是本分，但这只是侠之小者。江湖上所以尊称我一声'郭大侠'，实因敬我为国为民、奋不顾身的助守襄阳。……只盼你心头牢牢记着'为国为民，侠之大者'这八个字，日后名扬天下，成为受万民敬仰的真正大侠"[3]。这是金庸在 1959 年创作《神雕侠侣》时对"大侠"的界定，提到了"为国为民"的高度。1995 年，金庸对"侠"又做了界定："我以为侠的定义可以说是奋不顾身，拔刀相助这八个字，侠是主持正义，打抱不平。"[4]

　　不同的历史时期，人们对于"侠"有不同的概括和描述。除了个别的历史阶段外，总体来看，侠获得了更多的肯定。守信义，行必果，为他人奋不顾身，拔刀相助，济困扶危，虽历经生死，但不炫耀、不自夸是侠之为侠的根本。所以，某种意义上讲，"侠"是一种品格高尚的人士。他们远离庙堂，自由自在，挺立于天地之间，仅凭自己一腔热血，解民于困苦之中，不计回报。以此来看，韦小宝就不能称之为"侠"，作者自己也说韦小宝就是普通人，虽然他为皇帝康熙立下奇功种种，但这称不上是以武传奇，而是权力传奇。金庸说"韦小宝讲义气"，这也引起了韦小宝是不是"侠"的争论。笔者认为，不能凭此一点就认为韦小宝是"侠"，因为讲义气的人多了，金庸也曾经说"讲义气这是国民性的一大特征"，那是不是讲义气的人都可以称之为"侠"呢？关键要看行侠时的所思所想。文本虽写了韦小宝讲义气的一面，不过韦小宝讲义气的时候，总是充满了算计。他经常想这个义气该不该讲，我救了他会得到什么报酬，最重要的是韦小宝的"义气"是以不妨碍自己的利益为大前提。比如小说第四十三回，康熙探知天地会群雄在韦小宝府邸而要炮轰伯爵府时，韦小宝拼命逃出皇宫营救众人的出发点，并非"侠义"二字，多

金庸小说阅读与赏析

半则是因为双儿、小郡主和曾柔三位美人，而刺杀多隆则根本连朋友之间的"义气"也说不上了。所以，韦小宝的义气更多时候与江湖英豪所推崇的"侠义"并无多大关系。真正的义气，是"不爱其躯，赴士之厄困"，是"奋不顾身，拔刀相助"。侠客行侠时不会顾及自身安危，路遇不平想都不想，就会拔刀相助，不会像韦小宝这样算计得失，因此韦小宝不能称为"侠"。《鹿鼎记》之所以被称为"反武侠"小说，并不仅仅取决于主人公韦小宝是不是大侠，更在于陈近南、茅十八等大侠的存在及命运。他们的武功、人品、行为都可以担得起"侠"字，尤其是陈近南担得起"为国为民"的大侠，但对于这些标准的侠客，金庸在塑造他们时都给了他们一个尴尬的境遇和一个悲惨的结局。陈近南虽然担负着反清复明大业，但一事无成，甚至天地会的很多事情要韦小宝帮忙，最后自己稀里糊涂死在无名小辈手中。茅十八的行为，绝对是符合江湖规范的，光明磊落，但结果却以失败告终。茅十八和陈近南的结局也从另一个角度说明了《鹿鼎记》反侠的一面。

江湖之反。武、侠、江湖构成武侠小说的三维，没有江湖这一空间，侠就没有活动的天地，武就没有施展的场所，侠义精神无从展现，所以江湖既是武侠小说故事的发生地，也是承载作品精神与价值意蕴的所在。"江湖"一词最初的含义是江河湖海，属于地理层面上的含义。最早见于庄子《逍遥游》和《大宗师》。之后，"江湖"二字渐渐地演变，成为脱离了政权控制的某种自由空间。江湖从一个地理名词发展成为后来武侠小说的一维，经历了一个漫长的演化过程。武侠小说中的江湖，仍取"脱离政权控制的自由空间"之义，也包含在朝与在野、当权与式微这些政治意义，并且逐渐成为它的重要特征。今天的"江湖"一词还有草莽英雄、绿林好汉啸聚山林与政权抗衡的意味。

　　金庸之前的14部作品中的江湖也都在上述的范围之内，它的共同特点就是远离庙堂。而《鹿鼎记》的江湖设计一反常规。人物活动场地完完全全与现实合拍，庙堂江山代替了江湖。皇帝、大臣、太监、各地诸侯、王爷成了小说主体人物，韦小宝成了皇帝跟前的红人，众臣巴结的对象，他们活动的场域是皇宫、王府，江湖边缘化了。如此，《鹿鼎记》中的江湖已面目全非，而且因为江湖地点的转换，《鹿鼎记》中的江湖帮派数量相对减少。并且这些帮派在小说中，一律成了配角，失去往日光彩，成为乌合之众，即便如华山派（归辛树）也只是出现些许人物作为代表，并无帮派集体行为。所以，《鹿鼎记》中真正以帮派集体出现于情节中，且又前

金庸小说阅读与赏析

后连贯的少之又少。

由于金庸不愿意重复自己，所以从第一部作品《书剑恩仇录》之后，他就先后创作了儒家侠、道家侠、正侠、邪侠、反侠、无侠，先后塑造了郭靖、杨过、萧峰、张无忌、令狐冲等上百个大大小小各类不等的侠客形象，且深入人心，金庸凭借这十四部作品已经将武侠小说推到了登峰造极的地步，再进行创造创新，就只好来个物极必反了，写了一个既无武功又无侠气，生活在极世俗的生活当中，非武非侠的韦小宝这样一个普通人物。所以，《鹿鼎记》是金庸对武侠小说和自我创作的双重颠覆，写完《鹿鼎记》之后金庸就彻底封笔了。

二、权力与人性的传奇

小说《鹿鼎记》的传奇色彩表现在韦小宝的传奇人生。他那罕见的升迁，非凡的成就，惊人的社会关系和不同凡响的情感婚姻的确体现了"传奇"二字。

1. 不凡的升迁。出场时候，韦小宝只是一个小太监，在短短数月之内，他的官位就变成了太监首领，而且迅速成为康熙的宠臣，朝廷第一红人。先后是御前侍卫副总管、骁骑营正黄旗都统，赐穿黄马褂。由子爵、伯爵、侯爵一路攀升，平步青云，扶摇直上，直至当上一等鹿鼎公爵。朝廷之外韦小宝也是如此，当过少林寺的高僧、清凉寺的方丈、天地会的青木堂香主、神龙教白龙使兼五龙令使、罗刹国伯爵。韦小宝的升迁，果然不凡。

2.神奇的功业。作品第四十五回康熙以六幅画罗列了韦小宝的功劳：小时候和康熙比武摔跤打闹；和一群小太监助康熙擒杀鳌拜；清凉寺相救老皇爷；在五台山清凉寺保护康熙，以身挡箭；在慈宁宫打到假太后，从床上扶起救出真太后；用计散去吴三桂的俄罗斯、蒙古、西藏三路盟军，并化敌为友。这是皇帝心中记着的韦小宝的六大功绩。在"韦小宝看来和康熙玩闹并不是什么功劳，但康熙念念不忘。至于炮轰神龙教、擒杀假太后、捉拿吴应熊的功劳，相较之下表不足道了"[5]。陈墨在上述功劳基础上又给韦小宝加了三项："举荐良将施琅、张勇、赵良栋、孙思克，为平吴三桂叛乱收复台湾间接立功；坚决抵制放弃台湾的主张，维护了祖国对台湾的领土主权；亲自指挥中俄边界自卫反击战，主持签订近代中国外交史上的第一个外交条约《中俄尼布楚条约》。"[6]常人有一个、二个这样奇功已属不易，韦小宝竟然有九项，真是让人不能望其项背。

3.惊人的关系。韦小宝的社会关系令人瞠目结舌，他的

金庸小说阅读与赏析

朋友遍布社会各界，形成了一个极为复杂强大的人际关系网络。小玄子、索额图、杰书、天地会青木堂兄弟、吴立身、杨溢之、多隆、胡逸之、张勇、王进宝、孙克思、赵良栋、桑洁、噶尔丹……都是他的朋友，这还仅是一部分。

韦小宝的传奇很让人玩味。他不凡的升迁、神奇的功业、惊人的社会关系，实际是互为表里或互为因果。前两者是外在表现，是结果，后者是内在的根本原因。也就是说，韦小宝的社会关系，是他创造种种奇迹的根源。索额图、明珠、韦小宝都是康熙的臣子，韦小宝未入宫时两人已凭着自己家族地位在朝中是数得上的大人物了，可是这两个人物却都心甘情愿地结交韦小宝，原因何在？因为韦小宝在很短时间内就成为康熙身边的人，康熙的第一红人。结交韦小宝，自然对他们的仕途大有帮助。这样级别的人物都主动结交韦小宝，其他人就可想而知了。朝野皆如此。少林寺的高僧、清凉寺的住持方丈对他极尽谦卑恭维，因为他是皇上派来的人，出任天地会的青木堂香主、神龙教白龙使兼五龙令使，是因为他是朝廷里人，好办事。所以，在韦小宝的人际关系当中，最富有想象力、创造力的一笔是他和康熙的关系。两人的关系很复杂，不是简单的君臣、主奴、师徒、朋友关系，而是它们的综合。最打动读者的还是两人小时候比武摔跤打出来的友谊。作品描写，韦小宝刚入宫不久，宫里的路还不熟悉，所以误打误撞闯进康熙练功的房间。那时他们才十二三岁，不知对方的身份，只知对方一个叫小桂子，一个叫小玄子，两人毫不顾忌地比武、摔跤，一直持续了半年之久，不打不成交，打出了友谊，真挚的友谊，这种友谊持续了他们的终生。尽管后来他们关系发生变化，由比武摔跤的玩伴，变成了君臣，韦小宝还进一步地主动将他们的关系又加了师徒一层，但他们内心深处都保存着这份真挚的朋友兄弟关系。有一次眼看康熙就要大怒了，韦小宝赶快跪下，他跪下并没有说，臣罪该万死一类的话，而是非常巧妙地说："小桂子投降了，请小玄子饶命。"这是当年他们比武摔跤时常说的一句话，这句话就打动了康熙的心。他怎么忍心杀掉这个少年时代的朋友。还有韦小宝违抗康熙的命令，不杀自己的师父陈近南，躲在了通吃岛，康熙派了很多人去找他，并在密旨中写道："小桂子，他妈的，你到哪里去了？我想你得紧，你这臭家伙无情无义，可忘了老子吗？" [7] 相信读到这一情节的人都为他们的友谊感动吧。康熙与韦小宝的这份情谊，也正是韦小宝成为康熙朝的第一奇人和第一红人的最重要原因，否则别说立功、升迁，连机会都不会有的。

　　当然，韦小宝的传奇也与他阿谀逢迎、溜须拍马的性格有关。韦小宝曾说："我凭什么本事加官晋爵，最大本事便是拍马屁，拍得小皇帝舒舒服服，除此之外，老子的本事实在也平常得很。"韦小宝还是很有自知之明的。他对武功打斗之道，既不好之，也不乐之，但对于溜须拍马，确实天生地喜好，更是有天生之才，且乐之不疲。所以，对明珠，他是发自内心地佩服，是真心实意地想要拜此人为师学艺。有一次皇上问大臣撤不撤藩，明珠答道：

"圣上天纵英明，高瞻远瞩，见识比臣子高上百倍。奴才想来想去，撤藩有撤藩的好处，不撤也有不撤的好处，心中好生委决不下，接连几天睡不着觉。后来忽然想到一件事，登时放心，昨晚就睡得着了。原来奴才心想，皇上思虑周详，算无遗策，满朝奴才们所想到的事情，早已一一都在皇上的料想中。奴才们想到的计策，再高也高不过皇上的指点。奴才们只需听皇上的吩咐办事，皇上怎么说奴才们就死心塌地勇往直前的往前办，最后定然大吉大利，万事如意。"[8]

韦小宝听后不仅佩服之极："满朝文武做官的本事，谁也及不上这家伙。此人拍马屁功夫十分到家，老子得拜他为师才是，这家伙日后飞黄腾达，功名富贵不可限量。"[9] 之后，韦小宝留心学习明珠的言行，从他那里学到了更高超溜须拍马的功夫。韦小宝虽说有多个师父，但他恐怕还是从明珠这里所得最多，原因并不复杂，物以类聚。

文中描写韦小宝不仅拍康熙马屁，也拍洪教主、洪夫人马屁。其实，只要用得上，韦小宝绝不吝惜，谁的马屁都拍，而且一拍便成功。所以，韦小宝在朝野能如鱼得水，混得风生水起，一路通吃。

说到韦小宝的传奇，当然不能不提他那不同凡响的情感和婚姻。四女同舟曾是张无忌的梦想，风流成性的王爷段正淳也只是一个妻子、五个情人。而韦小宝娶了七个如花似玉的妻子：双儿、沐剑屏、曾柔、建宁公主、苏荃、方怡、阿珂。在这七个妻子当中，建宁公主和阿珂最让人难忘。前者是她七个妻子中唯一最主动嫁给韦小宝的，原因是韦小宝敢骂她"小婊子"，敢打她屁股。这一荒唐理由成为建宁公主择偶的标准，是因为她在皇宫是公主，每天看到的都是毕恭毕敬的奴才，她不想找奴才，想找丈夫，所以对敢骂她、敢打她屁股的韦小宝青睐有加。另外她性格极其卑贱，是一位施虐狂和受虐狂人物。阿珂是七位妻子中最漂亮的、最打动韦小宝的一位。韦小宝第一次见到阿珂时，阿珂已经与郑克塽相爱，而且阿珂也不喜欢韦小宝，甚至对他恨之入骨，想剥了他的皮，挖了他的眼，剁了他的手，再挖了他的心，但是韦小宝还是发誓，上天下地，枪林剑雨，刀山油锅，不管怎样，非娶了这姑娘做老婆不可。之后，果然死缠烂打，死皮赖脸，耍尽花招，终于在丽春院，韦小宝使她怀孕，如愿以偿。韦小宝的七位夫人，不但漂亮，也都非凡，要么是皇家公主，要么是大户人家的小姐、丫鬟，要么是教主的夫人，没有背景的人，别说娶她们了，遇都遇不到。所以，也是皇权传奇在他婚姻中的体现。

总之，我们可以说《鹿鼎记》的传奇，实际上是皇权的传奇，是韦小宝溜须拍马卑劣人性的传奇。

三、专制体制下的人性蜕变

1.对专制体制的批评

《鹿鼎记》描写的社会背景是中国封建社会的最后一个时期，即清朝，这是中国皇权专制制度鼎盛时期。专制是封建社会的体制特点与形式。在专制的体制下，皇帝是至高无上、权力无边且不受任何制约的，专制体制下的社会，是一个没有规则的社会，如果有，那也只有一条，就是皇权大于一切，谁接近皇权，谁就是最大的获益者，于是大臣最大的诀窍就是"揣摩上意"，看皇帝的眼色行事。谁要是先得到一点信息，进而多得到一点信息，谁的官就会当得稳妥一些，长久一些。因为信息是一种资源，有效信息更是一种稀缺的资源。谁占有了它，谁就会获得更大的利益。所以，信息和其他一切资源一样，都是人类生存必须面对的永恒的问题。特别是封建社会，皇帝严密控制信息外流，所以信息只是掌握在少数人的手中，想要获得它特别困难。《鹿鼎记》中的韦小宝就是因为手中掌握大量的皇宫、帮会的信息，才能够帮助他创造一个又一个奇迹，度过一个又一个险境。比如，韦小宝能够从辽东蛇岛脱身而归，主要原因是韦小宝占据了大量的有利于自己的信息，而神龙教则处于信息劣势地位，所以在双方的较量中，韦小宝不但化险为夷，而且当上了白龙使。也有的人说韦小宝他之所以能够化险为夷，与他善于撒谎有关，问题恰恰在这里。文本描写韦小宝在撒谎骗人时，深知要想让对方相信自己的谎话，细节必须说得真实详尽，而他有足够的信息去丰富这些细节。韦小宝的社会关系复杂，朋友遍布军界、政界，也和他掌握大量的有效信息有关，那些大大小小的官员大臣肯放下身段去结交韦小宝，对韦小宝极尽巴结谄媚之能事，就是想要从他身上获得有效的信息。虽然他只是一个小太监，但却是皇帝身边的红人。结交他就可以得到信息，多得信息甚至是有价值的信息，他们的皇粮就吃得多些，吃得好些，吃得长些。所以，他们最大的诀窍就是"揣摩上意"，看皇帝的眼色行事，找到升官发财最好的捷径，至于百姓日子过得如何，则很少去关心。如有那么两个官员能为百姓做些实事，哪怕是他贪污索贿，百姓都会对他感恩戴德，当作青天大老爷，说来令人慨叹悲愤。韦小宝到台湾当代理行政官员，上任的第一天就放手贪污了上百万银两，待他离开台湾的时候，却得到了全台湾百姓的由衷敬意和盛大送别。原因何在？当然不是因为他贪污，而是因为他为台湾百姓"办实事"，他说服了皇帝不放弃台湾并且"除董塑陈"，合乎民意。而韦小宝能为台湾百姓办了这些实事，归根结底还是由于他是康熙身边的红人。总之，专制体制下的社会，是一个没有规则的社会，如果有，那也只有一条，就是皇权大于一切，谁接近皇权，谁就是最大的获益者。

2. 对"官本位"的反思

韦小宝在朝廷吃得开，在社会上也能如鱼得水，其中更深的原因还是与文化传统有关。中国社会虽然分成了不同的层次，结成了不同的集团，但全社会的各个团体、组织的文化传统却是相同的，即"官本位"。比如天地会的青木堂之所以会有谁当掌门人，说到底是"官本位"的权力斗争。韦小宝当上天地会的堂主，看起来是因为他擒杀了鳌拜，实际上是天地会内部权力斗争相持不下的产物。倘若不由韦小宝当这个堂主，那么青木堂势必为谁来当堂主而分解成若干小派，从此没有宁静之日。由陈近南的徒弟韦小宝来当，谁还敢来相争，除非他不想在天地会混了。而在"官本位"的权力之争中，阿谀逢迎、溜须拍马无论在朝廷，在反官府的天地会，在神龙教同样有用，原因很简单，它们形式不同，本质是一样的。拍马奉承者总是处于相对低下弱小的地位，他的生存发展依附于高居其上的强力人物，也可以说，拍马者与被拍马者的关系多半是主奴关系。阿谀逢迎、溜须拍马之风的盛行，是跟专制社会中人与人之间森严的等级关系、人身依附关系和顺昌逆亡的严峻现实分不开的。韦小宝爬上高位以后，特别是成为皇帝的亲信之后，朝中大臣乃至皇亲国戚，纷纷向韦小宝这个小流氓拍马，原因不外是他们巴结好了皇帝的亲信太监小桂子，就是巴结了皇帝，就能红运当头，前程似锦。

3. 对国民劣根性的揭示

金庸在不同的场合多次提到他创作这部作品时受到鲁迅《阿Q正传》的影响。"韦小宝我是写了开头不久，后来想法有了点改变，我把他作为一个中国的劣根性的典型，我受鲁迅先生的《阿Q正传》的影响大，他写了一个中国人的一种很不好的个性，精神胜利法……其实中国人缺点还有其他更多的，像不诚实、贪污腐化、损人利己等……我在《鹿鼎记》中比较集中地描写了。"[10] 如此的创作追求，就使得《鹿鼎记》和他以往的武侠小说有了区别，韦小宝不再是英雄大侠，在他的身上我们能找到国民性中的很多弱点：阿谀奉承、溜须拍马、见风使舵、厚颜无耻、营私舞弊、察言观色、撒谎骗人、投降倒戈、利益交换、贪污索贿、顺手牵羊、玩假作弊、笼络人心、示恩卖好、投机取巧等，金庸以他对人性的理解和观察，写出了另一个阿Q形象韦小宝。在几千年的中国历史中一直有这样两类阿Q，一是鲁迅笔下的阿Q，卑微地活着，卑微地死去；另一类就是韦小宝，虽也曾卑微卑小，但由于他的卑劣卑鄙却成了成功人士，在上述两类阿Q的形象身上我们看到了自己，当然更看到了古往今来一些达官贵人、名流绅士的影子。从这一意义上讲，韦小宝这个人物是成功的，他典型地表现出了人性中的普遍性，使《鹿鼎记》超越了一般意义上的武侠小说，由偏重于"武学"而直抵人性的塑造勘探，上升为人学。

总之，真小人韦小宝是中国封建政治千年老树上滋生出来的畸形毒瘤。他的武艺十分低下，但在官场角逐中却堪称第一流高手，脚踏两只船，见风使舵，机变百出，"拉关系、组山头、裙带风、不重才能而重亲谊故乡、走后门、不讲公德、隐瞒亲友的过失，合理的人情义气固然要讲，不合理的损害公益的人情义气也讲，结果是一团乌烟瘴气"[11]。韦小宝作风影响了整个社会，在几千年封建社会中，韦小宝式的人物，代表着最腐化反动的破坏力量。金庸借韦小宝的成功塑造，深刻揭示了国民性的黑洞，正是这个缘故，韦小宝是金庸对20世纪中国文学做出的贡献。韦小宝是一面哈哈镜，从中可以照出民族性中许多的丑陋，照出国人性格中不光彩的一面，或者说是劣根性，他的成功是一种辛辣的嘲讽。

四、韦小宝的刻画与塑造

韦小宝是作品的主人公，是市井流氓，真小人的形象。小人有三层含义，一是指年龄小，是小孩儿和大人相对，二是指社会地位，是小民小老百姓，没有社会地位，是底层草民；三是指与谦谦君子相对的庸俗粗鄙卑劣之徒。上述三层含义在韦小宝身上都有体现，而作者着重从第三层含义描写他，即人格不高大，道德不高尚，毫无道德感的无赖、小人。韦小宝刚出场时就是个小孩儿，十一二岁，真是"小民"，平头百姓一个。由于出生于妓院，混迹其中，所以，韦小宝毫无教养，满口脏话，精于骂人，且唯利是图，不讲道德，或根本就无道德感，满脑子龌龊念头。行为更是充满流氓气，放刁耍赖、泼辣混世是他的本色。韦小宝的境界也不高，肯定不是为国为民。他的人生目标就是活命，而且有朝一日发了财，要开一家比丽春院还大的妓院，或者再开立夏院、立秋院，自己当老板，不仅扬眉吐气，还可以吃喝玩乐。所以，他是一个小混混。对此，查继佐看得很清楚，他说：韦小宝无甚知识，要晓以大义，他只讲小义，不讲大义；要以大势，他只明小势，不明大势。所以他是彻彻底底的真小人。

真小人韦小宝的性格，一是狡诈油滑、诡诈刁钻、眼尖嘴甜、巧计百出，在市井社会中游刃有余，可以说是一种特殊的生存智慧。二是奇懒无比，赌性奇重。从他学武过程，就可以看出，他没有任何学习的意志和毅力，一副天生的懒骨头。赌性奇重是和他自幼的生活环境有关。妓院就是吃喝嫖赌之地，从小耳濡目染，对赌博好之不厌，且赌品不高。更重要的是，他的这种赌性不仅限于赌博本身，而是推而广之，其人生的一些关键时刻往往凭着赌来做出自己的选择。三是谎话连篇，极不诚实，还有见风使舵、溜须拍马。韦小宝说谎的本领，来自丽春院那个特殊环境。我们可以断定韦小宝爱说谎，会说谎，说得高明，说得艺术，说得没有破绽，谎言一出就能骗倒对方的本领，一半是母亲的遗传，一半是妓院环境使然。韦小宝奉承拍马的功夫得力于后天习得，并与他的说谎相辅相成，交相辉映。九难师太，包括陈近南在内之所以喜欢韦小宝，就是因为韦小宝对他们的奉承话张口就来，一说到位。四是讲义气。1981年10月，金庸在《明报月刊》发表《韦小宝这小家伙》："事实上，我写《鹿鼎记》写了五分之一，便已把韦小宝这小家伙当作了好朋友，多所纵容、颇加袒护，中国人重感情不重理的坏习气发作……在韦小宝身上，重点的突出了他善于适应环境与讲义气两个特点。"[12] "义气是中国传统道德中一种生命力极强、特别被民间所认可的、约定俗成的行为规范。它是秘密社会凝聚人心赖以生存的基础，无论哪一个帮会，如果不用"义气"来制定严格的规章制度，在行为上约束会众，在情感上联络会众，在利益上平衡会众，它就一天也不能存在。在更多的情况下，"义气"也是弱势群体内互助互爱和团结一致克服困难，抵抗外来侵害的精神武器。"[13] 韦小宝的讲义气，主要表现在他与康熙、陈近南的关系上。前者是皇帝，也是他小时候的朋友，后者是他的师父。当他听到康熙命令杀了自己的师父时，考虑再三，只好溜走，甚至不惜为此抛掉到手的荣华富贵，躲到岛上不回来。韦小宝讲义气，贯穿在他的全部行为当中，渗透在生活的各个方面，他出手大方，常把大把的银票送人，因此，朝野上下，都有肯为他卖命的好朋友。小宝交朋友也只有"义气"二字，只要对方讲义气，都可结拜兄弟，不论来自哪个团体。五是重感情。韦小宝出生在妓院。这是缺乏真挚情感的地方，也就形成了他对真情的敏感，小玄子的友谊、陈近南的温暖、茅十八的性情，甚至陶宫娥对他的亲近，都让他十分珍惜甚至大过荣华富贵。如前，韦小宝为陈近南不惜抛掉到手的荣华富贵，除了义气之外，对陈近南父亲般的感情也起了作用。所以，当陈近南被郑克塽杀了之后，"韦小宝哭道：'师父死了，死了！'他从来没有父亲，内心深处，早已将师父当成了父亲，以弥补这个缺陷，只是自己也不知道而已；此刻师父逝世，心中伤痛便如洪水溃堤，难以抑制，原来自己终究是个没有父亲的野孩子"。[14]

真小人韦小宝的塑造是成功的，韩云波在其《金庸妙语〈鹿鼎记〉卷》中曾言："千古奇书一鹿鼎，千古奇人一小宝。"此句用来评价韦小宝和《鹿鼎记》是再贴切不过了。

注释

[1] 金庸 . 鹿鼎记 [M]. 广州：广州出版社，2003：1819.

[2] 司马迁.史记：游侠列传 [M].延边：延边人民出版社，2010：3069.

[3] 金庸.神雕侠侣 [M].广州：广州出版社，2003：721.

[4] 林翠芬.金庸谈武侠小说 [J].明报月刊，1995（1）.

[5] 金庸.鹿鼎记 [M].广州：广州出版社，2003：1613.

[6] 陈墨.浪漫之旅：金庸小说神游 [M].上海：上海三联书店，2000：356.

[7] 金庸.鹿鼎记 [M].广州：广州出版社，2003：1613.

[8][9] 金庸.鹿鼎记 [M].广州：广州出版社，2003：1307.

[10] 傅国涌.金庸传 [M].北京：北京十月文艺出版社，2003：287.

[11] 傅国涌.金庸传 [M].北京：北京十月文艺出版社，2003：282.

[12] 傅国涌.金庸传 [M].北京：北京十月文艺出版社，2003：281.

[13] 曹布拉.金庸笔下的奇男情女 [M].浙江：浙江文艺出版社，2002：77—78.

[14] 金庸.鹿鼎记 [M].广州：广州出版社，2003：1587.

参考文献

[1]金庸.金庸作品集[M].广州：广州出版社，2008.

[2]金庸，池田大作.探求一个灿烂的世纪：金庸/池田大作对话录[M].北京：北京大学出版社，1998.

[3]严家炎.金庸小说论稿[M].北京：北京大学出版社，1999.

[4]陈平原.千古文人侠客梦[M].北京：新世界出版社，2002.

[5]傅国涌.金庸传[M].北京：北京十月文艺出版社，2003.

[6]孔庆东.金庸评传[M].郑州：郑州大学出版社，2005.

[7]曹布拉.金庸笔下的奇男情女[M].浙江：浙江文艺出版社，2002.

[8]曹布拉.金庸小说的文化意蕴[M].浙江：浙江人民出版社，2004.

[9]倪匡.金庸笔下的男女[M].长春：时代文艺出版社，1999.

[10]覃贤茂.金庸人物排行榜[M].北京：农村读物出版社，2005.

[11]陈墨.金庸小说人物谈[M].上海：上海三联书店，2001.

[12]陈墨.浪漫之旅：金庸小说神游[M].上海：上海三联书店，2000.

[13]陈墨.金庸小说艺术论[M].南昌：百花洲文艺出版社，1995.

[14]韩云波.侠文化：积淀与传承[M].重庆：重庆出版社，2004.

[15]徐岱.侠道士：金庸小说与中国精神[M].北京：北京大学出版社，2009.

[17]余英时.中国文化史通释[M].北京：生活·读书·新知三联书店，2012.

[18]徐复观.中国艺术精神[M].沈阳：春风文艺出版社，1987.

[19]钱穆.国史新论[M].北京：生活·读书·新知三联书店，2012.

[20]梁启超.儒家哲学[M].北京：中华书局，2015.

[21]冯友兰.中国哲学史补[M].北京：中华书局，2014.

[22]林语堂.中国人[M].上海：学林出版社，1994.

[23]王一川.大众文化导论[M].北京：高等教育出版社，

2004.

[24]多米尼克·斯特里纳蒂.通俗文化理论与导论[M].阎嘉，译.北京：商务印书馆，2003.

[25]王先霈，王耀辉.文学欣赏导引[M].北京：高等教育出版社，2005.

[26]王耀辉.文学文本解读[M].武汉：华中大学出版社，2000.

[27]童庆炳.文学理论教程[M].北京：高等教育出版社，2011.

[28]谭君强.叙事理论与审美文化[M].北京：中国社会科学出版社，2002.

[29]申丹.叙事学与小说文体学研究[M].北京：北京大学出版社，2004.

[30]阿格尼斯·赫勒.现代性理论[M].北京：商务印书馆，2005.

[31]戴维·弗里斯比.现代性的碎片[M].卢晖临，周怡，李林艳，译.北京：商务印书馆，2003.

[32]马泰·卡林内斯库.现代性的五副面孔[M].北京：商务印书馆，2004.

[33]J·刘若愚.中国的文学理论[M].郑州：中州古籍出

版社，1986.

[34]刘再复.性格组合论[M].上海：上海文艺出版社，1986.

[35]刘再复.金庸小说在二十世纪中国文学史上的地位[J].当代作家评论，1998（5）.

[36]刘再复.想念金庸[J].华文文学，2018（6）.

[37]冷成金.金庸小说与民族文化本体的重塑[J].中国人民大学学报，1995（6）.

[38]徐岱.论金庸小说的艺术价值[J].文艺理论研究，1998（8）.

[39]余苗.在路上：浅谈金庸小说体现的现代人存在之困[J].湖北师范学院学报，2007（1）.

[40]胡小伟.侠义、正义与现代化：金庸小说的现代性解读[J].西南师范大学学报，2005（5）.

[41]徐保卫."鹿鼎公"的人格象征：金庸小说的"自我意识"[J].汉中师范学院学报，1996（4）.

[42]徐渊.金庸的武侠小说本体观[J].陕西理工学院学报，2007（3）.

[43]田智祥.金庸武侠小说的现实指涉与理想人格建构[J].广西社会科学，2005（2）.

[44]丁进.现代神话与新武侠小说[J].南京社会科学,1994（8）.

[45]顾建华.寓言艺术的美学魅力[J].北方工业大学学报,1994（2）.

[46]吴秀明,陈择刚.文学现代性进程与金庸小说的精神建构[J].杭州大学学报,1997（12）.

参考文献